Franz Kafka

La métamorphose et autres récits

par Claude Thiébaut

Claude

Thiébaut

présente

La métamorphose

et autres récits

de Franz Kafka

Gallimard

SIGLES ET ABRÉVIATIONS

M. Le volume *La Métamorphose et autres récits*, Folio n° 2017, 1989.

A.F. *Un artiste de la faim et autres récits*, Folio n° 2191, 1990. Les indications de pages qui figurent entre parenthèses dans le texte, par exemple : (p. 52), renvoient au volume M. Elles renvoient au volume A.F. quand elles sont précédées de A.F., par exemple : (A.F., p. 68).

O.C. I, II, III et IV : *Œuvres complètes* de Kafka dans la Bibliothèque de la Pléiade, quatre volumes parus de 1974 à 1989.

F.B. Felice Bauer.

L. Lettre.

J. *Journal.*

Claude Thiébaut est professeur de lettres modernes à Amiens.

Le dossier iconographique a été réalisé par Nicole Bonnetain.

I LE FATRAS HABITUEL ?

« Le besoin se fait de plus en plus sentir d'une édition critique qui mette fin au fatras des éditions actuellement disponibles, qui distingue ce qui a été publié du vivant de Kafka et après sa mort. »

Il aura fallu près de vingt ans pour qu'il soit donné suite au souhait formulé par Claude Prévost dès 1971 dans *Europe*[1]. Certes, il n'existe toujours pas aujourd'hui d'édition critique des œuvres de Kafka — on y travaille en Allemagne[2] — mais les quatre volumes de ses *Œuvres complètes*, dans la Bibliothèque de la Pléiade, répondent largement au besoin d'une édition ordonnée et accompagnée d'un appareil critique rigoureux. S'agissait-il d'ailleurs tellement de cela ? Si oui, le propos serait injuste pour l'édition — présentée comme « édition critique » justement — qu'avait dirigée Marthe Robert pour le Cercle du Livre Précieux, huit volumes parus de 1963 à 1965[3].

En fait, ce que regrettait Claude Prévost, c'était de ne pouvoir disposer d'une édition qui signale, plus explicitement qu'on ne l'avait fait jusque-là, les textes parus du vivant de Kafka par opposition à tous les autres. Assurément l'absence de toute indication sur ce point est particulièrement fâcheuse, mais même, le fait de préciser leur statut dans une note n'est pas suffisant.

En les regroupant et en les publiant à

1. Claude Prévost, « A la recherche de Kafka », *Europe*, novembre-décembre 1971, p. 41.

2. Chez S. Fischer Verlag, à Francfort, ont paru les trois romans et le *Journal*.

3. La plupart des traductions de Marthe Robert ont été reprises dans O.C. (essentiellement les récits et fragments narratifs, le *Journal*, et les lettres).

part, la collection Folio permet enfin de faire l'expérience d'une lecture, nouvelle en ses modalités, de l'œuvre de Kafka : avec *La Métamorphose et autres récits*, qui regroupe les premières publications, avec *Un artiste de la faim et autres récits*, qui regroupe les suivantes, voici enfin, saisis d'un même regard, « Tous les textes parus du vivant de Kafka ».

Claude David a été le maître d'œuvre et de la monumentale édition de la Pléiade, et de l'édition Folio. Elles sont complémentaires. Si le profit que l'on peut retirer de la seconde est autre, très paradoxalement, il n'est pas moindre.

Les *Œuvres complètes* sont une somme, tous les textes que Kafka a composés, les moindres lignes qu'il a écrites, y figurent. Préfaces, notices, notes nomment les principales critiques suscitées par l'œuvre, les analyses les plus intéressantes sont résumées, certaines autres sont seulement évoquées. Au total, plusieurs milliers de pages. Aux œuvres strictement littéraires, romans, récits et autres fragments narratifs, se sont ajoutés le *Journal* de Kafka, ses lettres, des textes professionnels, le texte d'allocutions qu'il a prononcées, etc. C'est un univers, la bibliographie qui lui est consacrée est incommensurable et ouvre sur l'infini.

L'autre entreprise, par contraste, semble bien modeste. En se limitant aux seules œuvres publiées par Kafka, elle peut apparaître mutilante : elle ignore par exemple les trois romans de Kafka et propose d'entrée de jeu deux « Conversations » (pp. 21-34) que Kafka regretta d'avoir publiées. La plupart des textes sont brefs. Ils ont paru dans des revues et des journaux, n'ont pas toujours été repris dans ses premiers recueils, eux-mêmes si minces et qui peuvent apparaître bien légers quand on songe à l'œuvre à venir.

Mais justement, n'est-ce pas le fait qu'on songe volontiers à Kafka comme à l'auteur du *Procès* et du *Château* qui empêche qu'on lise ces premières proses telles qu'elles sont ? S'agit-il seulement d'« ébauches[1] » ? Il y a parmi les premiers textes que Kafka a publiés de purs chefs-d'œuvre, au dire de plusieurs, comme cette première prose du recueil *Regard*, « Enfants sur la grand-route » (pp. 35-37).

Quand bien même il s'agirait le plus souvent de « Kafka avant Kafka[2] », il est possible que l'évolution de sa thématique, de son écriture, de son rapport au monde, apparaisse d'autant mieux qu'elle est ici ramassée sur un petit nombre de textes. En quelques heures, le lecteur peut faire l'expérience sensible de cette évolution, ce que ne permet pas une édition exhaustive de tous les textes que Kafka a produits.

C'est bien d'une nouvelle expérience de lecture qu'il s'agit, avec toute sa dimension sensible. On avait dès longtemps souligné combien les textes de Kafka se prêtaient mal à l'interprétation (à moins qu'au contraire, ils ne s'y prêtent que trop bien, d'où tant de contradictions et d'hypothèses arbitraires). Gilles Deleuze et Félix Guattari sont allés très loin dans cette direction,

1. Milena nomme « ébauches » les textes du recueil *Regard* dans son article nécrologique du 6 juin 1924 (reproduit dans *Europe*, pp. 5-6, dans O.C. IV, pp. 1426-1427). Certains critiques disent « esquisses ».

2. La formule est discutée ci-après, pp. 17 et suiv.

jusqu'à contester toute « tentative pour interpréter une œuvre qui ne se propose en fait qu'à l'expérimentation », peut-être même à moins que cela, machines « sans interprétation ni signifiance, seulement des protocoles d'expérience[1] ».

1. *Kafka, pour une littérature mineure*, 1975, pp. 7 et 14.

De quel ordre cette expérience, s'agissant des seuls textes que Kafka a publiés ? Pour la première fois, il est offert au lecteur de ne pas entrer dans l'œuvre par effraction. Sa lecture peut ne plus être placée sous le signe de la transgression. Cela tient d'abord à la nature même des textes. De Kafka en effet, on a tout publié, y compris le plus secret, ses lettres qui étaient de vraies lettres, son journal intime, qui était vraiment son domaine privé (même Max Brod n'en eut connaissance qu'après la mort de son ami). On a publié les quelques lignes qu'il avait écrites en 1900 sur le livre d'hôtes de la maison que ses parents avaient louée cette année là[2]. Il avait alors dix-sept ans. On a publié ses « feuilles de conversation », phrases isolées que Kafka écrivait sur des bouts de papier quand, à la veille de sa mort, il lui était devenu impossible, ou trop douloureux, de parler[3].

2. O.C. III, p. 554.

3. O.C. III, pp. 1303-1311.

Pour le plus grand ravissement du lecteur, avec même, dans son plaisir, quelque chose d'un peu trouble, commun à nombre d'amateurs d'autobiographies, accru encore ici du fait de l'effraction originelle : chacun sait en effet que tous ces textes, de par la volonté très explicite de leur auteur, auraient dû être détruits par son ami. La question des « testaments » de Kafka est trop systématiquement rappelée par quiconque écrit sur lui pour qu'elle n'en conserve pas une certaine actualité, loin d'avoir seulement impliqué, jadis, le seul Max Brod[1].

Par contraste, la lecture des textes que Kafka a lui-même publiés n'est ni indiscrète, ni suspecte : ces textes parus de son vivant autorisent qu'on fasse l'essai d'une lecture innocente.

« Celui qui lit Kafka est transformé en menteur, et pas tout à fait en menteur. C'est là l'anxiété propre à cet art[2]. » Cette anxiété dont parle Maurice Blanchot vient du texte lui-même ; elle naît d'un doute quant à la valeur de l'interprétation à laquelle on s'arrête : il n'est nul besoin de lui surajouter un doute quant à la légitimité même de l'acte de lire.

Il y a plus : les textes de Kafka que nous lisons aujourd'hui sont censés avoir échappé au feu, tel aurait été leur destin si Max Brod ne les avait sauvés. Leur lecture s'en trouve dramatisée, au-delà peut-être de ce que le texte indique. La mort, le vide, l'absence sont certes à l'évidence inscrits dans l'œuvre. Est-il assuré pour autant que l'œuvre de Kafka soit, notamment ses premiers textes, et particulièrement ceux d'entre eux qu'il a publiés, aussi exclusivement tragique et désespérée qu'on a tendance à le croire ?

Va-t-on juger inauthentiques « Les Aéroplanes à Brescia » (A.F., pp. 29-43) et surtout *Le Soutier* (pp. 149-187) du seul fait qu'ils ne correspondent pas à l'idée qu'on

1. O.C. IV, pp. 1195-1196.

2. Maurice Blanchot, « La lecture de Kafka » (1943), repris dans *De Kafka à Kafka*, coll. Idées n°453, p. 66. Voir Dossier, p. 242.

se faisait de Kafka ? On a quelquefois rapproché son œuvre de celle de Dostoïevski et indiscutablement, un texte tel que « Un jour que j'étais malheureux » (pp. 55-62) y fait penser. Kafka d'ailleurs a lui-même remarqué cette convergence[1]. Mais il avait lu aussi et goûté Jules Verne et Dickens[2], son art est plus riche et varié qu'on ne le croit souvent.

Publier, lire ses œuvres devant une assemblée, corriger les épreuves pour l'imprimeur, veiller aux caractères, aux illustrations éventuelles, à la reliure, négocier avec son éditeur, tout ceci l'a occupé et intéressé en plus du temps qu'il a consacré à écrire, particulièrement au début de sa vie. Plus tard, bien plus tard, il écrira à Max Brod, à propos de son roman *Le Château*, que celui-ci « n'existe que pour être écrit, pas pour être lu[3] ». Mais c'est confondre les époques que d'imaginer que Kafka, auparavant, n'ait jamais écrit pour aller à la rencontre d'un public, comme il est naturel pour un écrivain.

Les textes parus du vivant de Kafka, surtout les premiers, quand ils sont perçus ainsi, hors de toute dramatisation arbitraire, autorisent qu'on fasse sur eux l'essai d'une lecture sereine.

Enfin, et pour la première fois, il est non seulement possible de lire ces textes d'un même mouvement, parce qu'ils sont regroupés, de percevoir l'évolution de l'art de Kafka, parce que leur présentation est chronologique, mais surtout il est possible de les mieux connaître, voire de les

1. Voir dans M., p. 210.

2. « Copperfield de Dickens. *Le Soutier* en est une pure imitation » (*Journal*, 8 octobre 1917, O.C. III, p. 438). De Jules Verne, lu en français, Kafka connaît au moins *Deux ans de vacances*, *Hector Servadac* et *Vingt mille lieues sous les mers*.

3. L. à M. Brod, 20 juillet 1922, O.C. III, p. 1170. A noter que Kafka n'en avait pas moins donné son manuscrit à lire à son ami.

connaître tout court, tels que leur auteur avait voulu les produire sous le regard du lecteur.

On va découvrir ainsi des recueils qui avaient littéralement disparu et, à l'inverse, cesser de croire, comme à des recueils conçus par Kafka, à ce qui n'était que compilations arbitraires. Sous le titre *La Métamorphose*, l'édition française a longtemps proposé une telle compilation[1] : outre l'histoire de Gregor Samsa, on y trouvait « Le Verdict », puis quatorze textes brefs, numérotés de 3 à 16. Après « La Métamorphose » (n° 1), « Le Verdict » (n° 2), voici « Le Nouvel Avocat » (n° 3), etc. Nulle part n'apparaît le fait que ces quatorze textes constituaient un recueil que Kafka avait intitulé *Un médecin de campagne*, du nom d'une des proses qu'il contenait, que c'est en 1919 qu'il l'avait fait paraître, que même il l'avait dédié à son père (« Meinem Vater »). N'est-ce là rien ?

1. La nouvelle avait d'abord paru en 1928, dans La *Nouvelle Revue française*. La compilation à laquelle elle donne son titre a paru en 1938 chez Gallimard. Elle sera de nombreuses fois rééditées, notamment en collection de poche jusqu'en 1989.

Kafka avait dans sa vie envisagé plusieurs regroupements de ses œuvres en vue de leur réédition éventuelle, jamais celui-là. Le recueil *Un médecin de campagne* avait pourtant sa cohérence propre, il avait été *composé*, au sens fort du terme, par Kafka lui-même. Disparu. A sa place, le traducteur, Alexandre Vialatte, a juxtaposé des proses brèves, illisibles. Et les nouvelles *La Métamorphose* et *Le Verdict*, qui avaient été publiées à part, ne sont plus exactement les mêmes d'être suivies de ces pages d'un autre temps.

Plus de *Médecin de campagne* mais au

moins les quatorze textes qui avaient composé le recueil demeuraient. Le cas du recueil *Regard* est encore plus exemplaire : ses dix-huit textes se sont volatilisés[1]. On peut certes, en les cherchant bien, retrouver chacun d'eux dans le deuxième volume des *Œuvres complètes*, parmi tous les « Récits et fragments narratifs ». Ceux-ci y sont présentés dans l'ordre chronologique de leur composition, le principe est clair et en lui-même très intéressant. Comme *Regard* compte des textes écrits à des époques différentes, ceux-ci figurent au milieu de textes inédits écrits à la même époque. Ils apparaissent dans leur contexte naturel, mais fort éloignés les uns des autres. Le contexte qu'avait choisi pour eux Kafka, le recueil qu'il avait conçu, importe tout autant : d'où l'intérêt de pouvoir lire enfin *Regard* avec sa cohérence propre. Chaque fragment s'y trouve enrichi de son rapport à l'ensemble, jusque-là inconnu ou méconnu. Le recueil reparaît comme tel pour la première fois.

Des zones d'ombre vont demeurer mais au moins, on aura donné sa chance à une lecture qui ne postule pas *a priori* l'absurdité comme étant le maître mot de l'univers de Kafka : l'œuvre publiée a été ordonnée par son auteur, ses personnages sont eux-mêmes en quête d'un sens à donner au monde. Certes l'œuvre de Kafka est sombre, une des plus tragiques sinon la plus tragique qu'on connaisse. Elle semble dire l'absurdité du monde, ou l'absurdité de l'espoir de lui trouver un sens. Camus l'a

1. *Regard* (Betrachtung) a été partiellement traduit par Marthe Robert en 1948 dans la revue *Les Temps modernes*, puis par Alexandre Vialatte dans une compilation intitulée *La Muraille de Chine* en 1950. Il a été traduit en 1990 par Brigitte Vergne-Cain et Gérard Rudent pour Le Livre de Poche, n° 8731, accompagné du texte allemand, avec *Le Verdict* (mais sans *La Métamorphose*) et avec le dernier recueil que Kafka ait préparé pour l'impression, *Un artiste de la faim* (1922).

lue ainsi. Est-il sûr qu'elle soit désespérée ? Oui sans doute, dans une assez large mesure : c'est cette mesure qu'il s'agit d'apprécier. D'où l'intérêt d'une lecture de son œuvre dans une édition qui ne surajoute pas aux textes un désordre et une absurdité qui seraient le fait, non de Kafka, mais de choix éditoriaux arbitraires.

Pour beaucoup, l'image qu'ils se faisaient de Kafka et de son œuvre peut s'en trouver modifiée. L'idée de ne publier que les textes parus du vivant de Kafka était simple. De là, peut-être, son efficacité[1].

1. Paul Raabe a publié en 1970, dans leur texte original, les textes parus du vivant de Kafka, suivis d'un choix de textes posthumes, sous le titre *Sämtliche Erzählungen* (collection de poche de Fischer Verlag, nombreuses rééditions). Les germanistes trouveront aux pages 7 à 99 et 186 à 195 le texte correspondant aux traductions données dans M.

II KAFKA AVANT KAFKA ?

« Kafka (Franz), écrivain tchèque de langue allemande (Prague, 1883 - sanatorium de Kierling, près de Vienne, 1924). Il mena à Prague une existence médiocre de bureaucrate. Les fragments de son œuvre, publiés de son vivant, n'eurent aucun succès ; c'est son ami Max Brod qui assura la publication posthume de la plupart de ses écrits et de ses romans... »

La plupart des dictionnaires (ici, le *Larousse* en dix volumes) opposent les œuvres publiées par Kafka aux œuvres demeurées inédites à sa mort. Avec raison, tant il est vrai que les sept livres que Kafka a publiés entre 1912 et 1924 ne représentent qu'une partie de son œuvre. Mais est-il juste d'opposer les « fragments » publiés aux romans posthumes ? On sait que, des trois romans de Kafka, *L'Oublié*, *Le Procès* et *Le Château*, aucun n'a été terminé par lui : la division en chapitres, les titres de ces derniers et leur ordre même ont quelquefois été conçus par Max Brod seul. A l'inverse, Kafka n'a rendu accessible au public que des textes qu'il considérait comme achevés. L'opposition entre ce qui a été publié et ce qui ne l'a pas été ne peut donc se fonder sans nuance sur un critère d'achèvement.

Ce qui ressort surtout de la présentation de Kafka et de son œuvre dans le dictionnaire, c'est un jugement de valeur implicite, au seul bénéfice des « écrits et romans posthumes », par opposition à une vie « médiocre de bureaucrate » (alors que Kafka était un cadre dans son entreprise, avec des responsabilités importantes) et des œuvres qui « n'eurent aucun succès », ce qui est un peu abusif : le succès ne fut pas public, mais l'œuvre fut remarquée par plusieurs, de Musil à Rilke par exemple. On a recensé et publié nombre d'articles critiques consacrés entre autres à *Regard*, au *Verdict*, au *Soutier* ou à *La Métamorphose*, dès leur publication, articles qui ne sont pas tous le fait d'amis proches[1]. Hermann Hesse, en janvier 1924, nommait Kafka dans son article « A propos de la littérature allemande d'aujourd'hui » :

« Il y a encore des poètes parmi nous, [...] purs et silencieux artistes du langage, concentrés sur eux-mêmes [...]. Pour eux, il

1. Exemple, Jürgen Born, « Franz Kafka und seine Kritiker », *Kafka-Symposion*, 1965, rééd. D.T.V., 1969, pp. 79 et suiv. Voir Dossier, deux critiques sur *Regard*, p. 229.

Franz Kafka. Archives Klaus Wagenbach, Berlin.

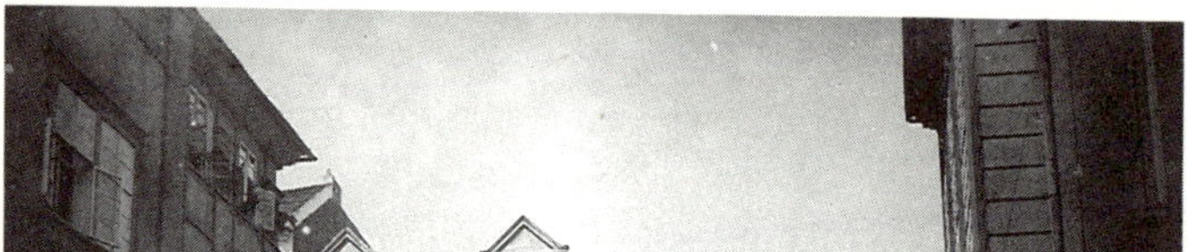

Kafka au cours d'une lecture privée. Croquis de Friedrich Feigl. Archives Klaus Wagenbach, Berlin.

La Zeltnergasse en 1893. Archives Klaus Wagenbach, Berlin.

n'existe pas d'autre problème que celui de traiter purement et harmonieusement, par l'intermédiaire de la langue, n'importe quel thème insignifiant. Le maître, en ce genre, est Kafka, cet Allemand [*sic*] taciturne, originaire de Bohême, écrivain totalement méconnu du public et qui sait mieux l'allemand que trente de ses confrères mis ensemble[1]. »

Max Brod, dans sa préface au *Procès*, est le premier responsable de l'idée selon laquelle ce qui a été publié est « moins précieux » que les textes dont justement il assurait la publication posthume. Ceci, pour une part, explique peut-être cela. Franz Blei (il avait pourtant été, comme directeur de la revue *Hyperion*, le premier éditeur de Kafka, en 1908) a lui aussi souligné clairement cette opposition fondée sur un critère de valeur : « Le cas de l'écrivain Kafka est singulier dans la mesure où les œuvres mineures furent publiées de son vivant et les œuvres principales après sa mort[2]. »

La tentation est grande de considérer comme œuvres de « Kafka avant Kafka » ce qu'il a lui-même publié. La formule a été heureusement contestée, à propos de *Regard*, par Brigitte Vergne-Cain et Gabriel Rudent[3]. Bien qu'il cite la formule (« *L'Oublié*, c'est Kafka avant Kafka »), Claude David n'y adhère pas sans nuances et atténue aussitôt les différences entre *L'Oublié* et d'autres textes à venir, « plus audacieux et plus profonds que son roman américain ». Il ajoute en effet — et son

1. *Neue Zürcher Zeitung*, 7 janvier 1924, reproduit dans *Lettres* (1900-1962) de Hermann Hesse, traduction d'Edmond Beaujon, Calmann-Lévy, 1981, p. 46.

2. En épigraphe au livre de Joachim Unseld, *Franz Kafka, une vie d'écrivain*, 1982, traduction française par Éliane Kaufholz, Gallimard, 1984, p. 9.

3. Dans la préface à leur édition bilingue du *Verdict et autres récits*, Le Livre de poche, 1990, p. 15.

propos concerne aussi *Le Soutier*, le moins « kafkaïen » de tous ses récits, apparemment :

« S'il est vrai qu'il [Kafka] n'a pas encore trouvé tout à fait sa manière, le lecteur éclairé découvrira cependant dans *L'Oublié*, sous une forme au moins suggérée, la plupart des thèmes de plus tard : la relation avec l'autorité paternelle, la tyrannie de la famille, la servitude du métier, l'horreur de la chair, l'irrémédiable solitude, la passivité en face d'autrui et en face du destin, un pessimisme radical. *L'Oublié* est la meilleure introduction à l'œuvre de Kafka[1]. »

1. O.C. I, p. 815.

La formule « Kafka avant Kafka » vaut-elle davantage pour désigner, non les œuvres publiées par opposition aux œuvres posthumes, mais les œuvres de jeunesse par opposition à toutes les autres ? Dès ses études secondaires (années 1893-1901), Kafka écrivait, notamment des saynètes interprétées en famille à l'occasion de certaines fêtes, mais aussi des proses et sans doute des poésies : tous ses manuscrits d'alors ayant été détruits, on n'en peut rien dire. Sauf qu'il fut un temps où ce qu'il écrivait était bien reçu par sa famille et en soulignait l'unité, dans une atmosphère de fête. Kafka a pu en conserver la nostalgie.

Un texte troublant, un souvenir d'enfance consigné par Kafka aux premières pages de son *Journal*, souligne combien l'écriture chez lui a pu être secrètement perçue comme un moyen de se singulariser auprès de ses proches, comme un moyen de se faire admirer d'eux, et en même temps comme la source d'une blessure et d'un rejet de la communauté. Le souvenir peut être ancien mais la date de sa transcription dans le *Journal*, en 1911, à une époque où Kafka a déjà publié en revue, souligne l'actualité des enjeux :

« Un dimanche après-midi, comme nous étions en visite chez mes grands-parents [...] j'écrivis quelque chose sur ma prison. Il est bien possible que je l'aie fait en grande partie par vanité et que, en déplaçant ma feuille de papier sur la table, en la tapotant du bout de mon crayon, en jetant des coups d'œil à la ronde par-dessous la lampe, j'aie voulu inciter quelqu'un à me prendre des mains ce que j'avais écrit, à le lire et à m'admirer [...] L'un de mes oncles, volontiers moqueur, finit par prendre la feuille que je tenais plus que mollement, y jeta un bref regard, et me la rendit sans même rire, en disant simplement aux autres qui le suivaient des yeux : " Le fatras habituel ", à moi il ne dit rien. Je restai assis, certes, et continuai à me pencher comme avant sur ma feuille apparemment inutilisable, mais en fait, j'étais chassé de la société d'un seul coup, le jugement de l'oncle se répéta en moi avec une signification déjà presque réelle et j'acquis, au sein même du sentiment familial, un aperçu des froids espaces de notre monde, qu'il me faudrait réchauffer à l'aide d'un feu que je voulais chercher d'abord[1]. »

Très tôt l'enjeu était donc apparemment défini, la littérature serait ce feu susceptible de « réchauffer les froids espaces de notre

1. J., 19 janvier 1911, O.C. III, p. 20.

monde », à commencer par l'espace familial.

A défaut d'être reconnu chez lui, au lycée puis pendant les premières années passées à l'Université, Kafka eut en Oskar Pollak son premier lecteur :

« Je veux quelque chose de toi, et non pas par amitié ou dans un élan de confiance, comme on pourrait le croire, mais par égoïsme, uniquement par égoïsme [...] Je vais te préparer un paquet où je mettrai tout ce que j'ai écrit jusqu'à présent [...] Il n'y manquera que les choses de l'enfance (tu vois, le malheur s'est installé de bonne heure sur mon dos), puis ce que je n'ai plus, puis ce que je regarde sans valeur, puis les projets [...] enfin, ce que je ne puis pas même te montrer à toi, car on frissonne d'horreur quand on est là tout nu et qu'un autre vous palpe le corps, même si on l'en a prié à genoux[1]. »

1. L. à Oskar Pollak, 6 septembre 1903 (?), O.C. III, pp. 564-566.

Dira-t-on que ce n'est pas ici Kafka tel qu'il sera plus tard parce qu'il souligne très clairement son besoin du « regard d'un autre » ? Ce serait abusivement admettre comme acquis le fait qu'il n'ait pas voulu, ultérieurement, publier. A Pollak, il confie :

« Quelque chose me desserre les lèvres, [...] quelqu'un qui se tient derrière l'arbre me dit à voix basse : " Tu ne feras rien sans les autres " ; or moi, j'écris maintenant avec insistance et une syntaxe élégante : " Vivre en ermite est répugnant, qu'on ponde honnêtement ses œufs devant le monde entier, le soleil les fera éclore ; qu'on morde à même la vie plutôt que de se mordre la langue; qu'on honore la taupe et sa manière, mais qu'on n'en fasse pas un saint " [...] Un sentiment qui existe pour lui-même est chose merveilleuse, mais un sentiment qui fait écho le rend plus opérant. »

« Faire surgir d'un seul coup ce que je crois avoir en moi », voilà ce qu'il appelle, dans le contexte, ses « espérances bleues ». Elles s'inscrivent dans une cohérence qui aboutira, en 1906, à la décision d'envoyer un récit, pour un concours, au journal viennois *Die Zeit*[1], et à la publication, à partir de 1908, de plusieurs de ses écrits dans des revues, puis à la conception d'un premier livre, en 1912, suivi de plusieurs autres. En ce sens, dans ce désir apparaît une des tendances les plus profondes de l'écrivain, que l'on a néanmoins longtemps ignorée. Joachim Unseld a consacré en 1982 tout un ouvrage à l'histoire des publications de Franz Kafka :

« La pragmatique historico-empirique des publications de Kafka impose une révision de l'" image " de Kafka telle qu'elle prédomine encore aujourd'hui [1982]. La légende de l'auteur impossible qui préférait brûler ses textes plutôt que de les rendre accessibles au public est battue en brèche par l'indubitable volonté de publier que l'auteur n'a cessé de manifester[2]. »

Ceci ne retire rien à l'idée de ses réticences à publier : celles-ci se fondent, non sur un refus *a priori*, mais sur une exigence extrême quant à la qualité de son œuvre.

1. Vraisemblablement intitulé « Le Ciel dans les rues étroites ». « L'envoi ne fut pas coté et il disparut » selon Max Brod, *Franz Kafka, Souvenirs et Documents*, traduction de Hélène Zylberberg, 1945, rééd. coll. Idées, 1965, p. 104.

2. J. Unseld, *op. cit.*, p. 13.

Mais que sait-on du style et des sujets abordés par Kafka dans ses premiers écrits ? Les plus anciennes lignes de lui qu'on connaisse datent de septembre 1900 (il a dix-sept ans), elles ont été écrites sur le livre d'hôtes d'une résidence de vacances, louée par ses parents près de Prague. Leur style est sentimental et vaguement romantique, ce qui est banal dans ce genre d'écrit, mais elles sont déjà une réflexion sur la capacité des mots à approcher le réel : « Les mots sont de mauvais alpinistes et de mauvais mineurs ! Ils ne vont chercher ni les trésors des sommets ni ceux du fond de la mine[1] ! »

1. A Selma Kohn, 4 septembre 1900, O.C. III, p. 556.

Dans le paquet adressé à Oskar Pollak en 1903 figuraient peut-être quelques « morceaux d'un livre » projeté intitulé *L'Enfant et la Ville*. Le texte ne nous est pas parvenu mais on connaît de Kafka, datant de cette époque, plusieurs descriptions comme celle-ci qui figure dans une lettre au même Pollak, de l'automne 1902, et qui est manifestement travaillée comme un poème en prose :

Max Brod. Dessin de Lucian Bernhard, paru dans *Die Aktion*, 1909.

« [...] Ou bien je marche dans les champs qui sont maintenant tout bruns et gisent mélancoliquement avec les charrues abandonnées, mais prennent des reflets argentés quand le soleil tardif paraît quand même et projette ma grande ombre sur les sillons (oui, ma grande ombre, peut-être me mènera-t-elle encore au royaume des Cieux ?). As-tu remarqué comme les ombres de l'arrière été dansent sur la sombre terre retournée, comme elles dansent ainsi que de vrais corps ? As-tu remarqué comme la terre se dresse à la rencontre de la vache qui paît, comme elle se dresse familièrement ? As-tu remarqué comme la terre grasse s'émiette entre les doigts trop fins, comme elle s'émiette solennellement[1] ? »

1. L. à Oskar Pollak, automne 1902, O.C. III, p. 561.

Ainsi écrivait « Kafka avant Kafka ». Max Brod a publié des fragments de lettres de Kafka, non datés, où celui-ci est très sévère pour de telles pages. Il lui avait confié tout ou partie de ses cahiers, des œuvres auxquelles manquaient, selon son propre diagnostic, « l'application, la persévérance, [...] la discipline ». Parmi les « quelques milliers de pages », « il y en a peut-être dix, écrit-il, que je pourrais écouter patiemment », le reste n'est que « griffonnage enfantin ». « La plus grande partie m'est odieuse » : « J'ai commencé à une époque où on avait l'impression de " faire une œuvre " quand on écrivait des choses emphatiques ; il ne pouvait y avoir de pire période pour un début. Et j'étais entiché de grands mots[2]. »

2. Lettre (non datée) au même, O.C. III, p. 1442. Brod et Kafka se sont pour la première fois rencontrés en 1902, ils ne furent vraiment amis qu'à partir de 1907.

De Max Brod, Kafka attend un service un peu comparable à celui espéré de Pollak en 1903-1904, mais la différence vaut d'être notée : il ne s'agit plus tant alors d'oser se dévoiler sous le regard d'un seul, et par là d'exister plus intensément, que d'acquérir le métier sans lequel il n'est pas d'œuvre d'art, dans la perspective implicite d'une publication. D'où sa demande : « Je veux que tu m'écoutes lire une demi-heure tous les samedis, en commençant samedi en quinze. Je veux m'appliquer pendant trois mois. »

Mais de son époque « emphatique » (décembre 1903) datent pourtant des strophes qui rendent un son assez nouveau :

« Froid et dur est ce jour-ci,
Les nuages se figent,
Les vents sont des câbles qui tirent
Les gens se figent,
Les pas rendent un son métallique
Sur les pierres d'airain.
Et les yeux contemplent
De vastes lacs blancs »[1].

« Ces petites pièces impressionnistes sont très proches par leur inspiration et par leur forme des poésies pragoises de la jeunesse de Rilke », écrit Claude David[2]. « La Fenêtre sur rue » (*M*, p. 54) date vraisemblablement de cette époque et ce serait donc, parmi les textes publiés par Kafka, le plus anciennement rédigé de tous, avec les quelques fragments prélevés à la longue rhapsodie *Description d'un combat* et qui figureront en 1912 dans *Regard*[3] : ces fragments, « Arbres » ou « Enfants sur la grand-route », sans effets spectaculaires, font la part belle à la rêverie, ils sont, dans une certaine mesure, aussi « impressionnistes » que le poème, proches de l'art tel que le rêvait Hugo von Hofmannsthal dont « l'influence sur Kafka n'est pas douteuse[4] ». Comment dès lors opposer radicalement ce que Kafka a publié et ses plus anciennes compositions : Kafka est déjà dans ces pages pleines de discrétion et de mélancolie.

1. Lettre au même, 9 novembre 1903, O.C. III, p. 568.

2. Mais « c'est là une simple rencontre : il n'y a aucune chance pour que Kafka en ait eu connaissance » (C. David, O.C. III, p. 1445).

3. Voir la Bibliographie, p. 246.

4. Voir Dossier, p. 220.

Mais une autre cohérence, « expressionniste » celle-là, pourrait de même rapprocher les premiers écrits de Kafka et son œuvre à venir. On a quelquefois considéré Kafka comme un écrivain expressionniste en se fondant sur le fait que son art rompait avec la tradition postsymbolique, ou que *Der Jüngste Tag* où paraîtront plusieurs de ses récits était considéré, à tort ou à raison, comme un périodique expressionniste (il figure comme tel dans l'inventaire des innombrables revues et almanachs expressionnistes de langue allemande qu'a dressé Paul Raabe). On peut ajouter que Kafka connaissait, soit personnellement, soit par leurs écrits, des artistes et écrivains considérés, par-delà leurs différences, comme « expressionnistes » : Johannes R. Becher, Albert Ehrenstein, Otto Gross, Walter Hasenclever, Klabund, Oskar Kokoschka, Else Lasker-Schüler, Carl Sternheim, et les Pragois Ernst Weiss, Franz Werfel... et Max Brod lui-même.

Dans *L'Expressionnisme littéraire*, Jean-Michel Glicksohn fait le point sur cette question[1]. *La Métamorphose* par exemple peut sembler un récit expressionniste par le malaise né de la dissociation qu'on y observe entre la conscience du héros et son intégrité physique brisée : « cette situation de paroxysme rapproche l'œuvre de Kafka des récits expressionnistes » ; de même l'incertitude du lecteur quant à l'interprétation à donner à l'histoire. « Mais Kafka, contrairement aux expressionnistes, se gardait de tout paroxysme dans le style. »

1. Voir Dossier, p. 224.

Ces deux cohérences contradictoires sont celles de l'époque. En 1914, le dramaturge Carl Sternheim constatera que toute la littérature européenne s'est placée sous le double signe de Flaubert, admiré des expressionnistes et de Kafka tout particulièrement, d'une part, et de François d'Assise, considéré comme le symbole d'un autre type de relation au monde, fondé sur la douceur et imprégné de religiosité[1]. Pour caractériser cette deuxième tendance, Sternheim aurait pu évoquer Hofmannsthal, il a préféré nommer un poète et romancier français omniprésent dans les revues de langue allemande depuis les années 1911 et 1912, Francis Jammes, que justement Kafka lisait dans le texte. Il a noté dans son *Journal* :

« Hier soir, mon état d'excessif bonheur après avoir lu quelques lignes de Jammes, avec lequel je n'ai d'habitude rien de commun, mais dont le français — il s'agissait d'une visite à un poète de ses amis — a agi très fortement sur moi[2]. »

En France, le « jammisme », dès 1897, avait constitué une réaction originale au symbolisme, au nom de la simplicité et de la vérité. « Toutes choses sont bonnes à décrire lorsqu'elles sont naturelles, aussi bien un thyrse qu'une paire de bas[3]. » On traduira en allemand son poème sur son chien fidèle (« Mein niederer Freund... »), on traduira surtout ses « Méditations », « Méditation sur une goutte de rosée », « sur les pierres », etc.[4] Au cœur de « Conversation avec l'homme en prière », on trouvera

1. « Zustand », *Die Aktion*, n° 34-35, mai 1914, pp. 723-724.

2. J., 3 novembre 1914, O.C. III, p. 366.

3. Cité par Robert Mallet, *Francis Jammes, sa vie, son œuvre*, Mercure de France, 1961, p. 108.

4. Franz Blei a été le premier traducteur de Jammes dès 1902, dans *Die Insel*, mais c'est à partir de 1911 que, traduit par Erna Grautoff, puis surtout 1912, traduit par Alfred Wolfenstein, Jakob Hegner et Ernst Stadler, Jammes devient omniprésent dans les périodiques expressionnistes.

Carl Sternheim.
Écrivain,
ami de Kafka.
Dessin paru dans
Die Aktion, 1914.

de semblables paroles, dites « sans y penser et de manière peu distincte, [...] d'un ton tout naturel » (p. 27), simplement heureuses et vraies, en parfait contraste avec leur contexte.

Loin d'opposer les époques, mieux vaut reconnaître cette même tension dans chaque œuvre de Kafka, à commencer par ces deux « Conversations » en miroir qui rapprochent et opposent à la fois un homme ivre et un homme en prière, également chaleureux et pitoyables.

III

CONVERSATION AVEC L'HOMME EN PRIÈRE et CONVERSATION AVEC L'HOMME IVRE

Les premiers textes du volume *La Métamorphose et autres récits* ne sont pas les premiers que Kafka ait fait paraître[1], ni ses préférés, tant s'en faut, ni les plus caractéristiques de ses premières publications. Ils en sont peut-être d'autant plus intéressants : ils mettent en valeur par contraste la brièveté de la plupart des autres textes que Kafka a d'abord publiés, ils témoignent de sa recherche d'un mode d'expression à sa mesure, attirent l'attention sur le fait que

1. Sur les questions d'éditions, à propos des textes figurant dans M., voir la Bibliographie, p. 246.

cette question de la longueur des textes qu'il compose — question à laquelle il apportera des réponses diverses, entre romans et aphorismes, tout au long de sa vie d'écrivain — s'était très tôt posée à lui.

Ces deux « Conversations » seront, pour beaucoup de lecteurs, une découverte : elles avaient été extraites par leur auteur d'un épais manuscrit intitulé *Description d'un combat* qui n'a pas été publié par Kafka, sauf quelques passages, dont ces « Conversations ». Celles-ci avaient été publiées à la suite l'une de l'autre, dans le numéro de mars 1909 de la revue *Hyperion*, puis n'avaient jamais été rééditées (alors que d'autres textes, de même origine, avaient été plusieurs fois donnés par Kafka à des revues différentes et reprises dans son premier livre *Regard*). *Description d'un combat* fut certes publié par Max Brod, après la mort de Kafka, en 1936, et traduit en français, par Clara Malraux en 1946 et plusieurs fois retraduit depuis, par Alexandre Vialatte en 1950 (avec *La Muraille de Chine* !), par Claude David en 1980, pour son édition des *Œuvres complètes*, par Bernard Lortholary, en 1988[1]. Mais qui y aurait remarqué ces deux textes ? « Début de la conversation avec l'homme en prière » n'y est qu'un titre de chapitre parmi d'autres, et aucun titre n'indique la seconde « Conversation », celle avec l'homme ivre. Ses premiers mots d'ailleurs (« Mais quand j'eus franchi... », p. 30) montrent bien son intégration à un certain contexte.

Les deux « Conversations » auraient donc

1. Les deux versions de *Description d'un combat* figurent dans O.C. II, pp. 4-77, dans une traduction de Claude David. Celle de Bernard Lortholary a paru (avec *La Métamorphose*) chez Garnier-Flammarion.

pu demeurer inaperçues, on aurait pu continuer d'ignorer que leur statut était différent de celui de ce contexte. Du fait qu'elles avaient été choisies par Kafka, elles méritent que le lecteur s'y intéresse et recherche les raisons de leur élection... et celles qui ont bientôt amené Kafka à regretter de les avoir publiées.

Il aura en effet, en juillet 1912, des mots très durs à leur endroit. Dans une lettre à Max Brod, il se demande alors comment il a pu « laisser imprimer en toute conscience quelque chose de mauvais [...] comme [ces] deux " Conversations " d'*Hyperion*[1] ». Kafka est alors en train d'essayer, sous la pression de son ami, de concevoir son premier livre *Regard*. Il peine beaucoup, hésitera encore longtemps avant d'envoyer son manuscrit à l'éditeur. Il craint que ce qu'il enverra ne le « dégoûte » à l'avenir autant qu'alors ces deux « Conversations ». *Regard* paraîtra toutefois.

1. O.C. III, p. 682.

Parmi les diverses raisons qui ont fait que Kafka a mené à bien ce nouveau projet, il y a sans doute le fait que cette fois, il a fait choix de textes brefs. « Regards distraits à la fenêtre », dans *Regard*, ne compte qu'une dizaine de lignes, « Robes » une petite vingtaine et « Arbres » six seulement. Si l'on ajoute le fait que le recueil, essentiellement composé de textes brefs, est introduit par un texte plus long que les autres, « Enfants sur la grand-route », et qu'il se termine par un autre texte relativement plus long que les autres, « Un jour que j'étais malheureux », on est amené à admettre la réalité de cette attention portée par Kafka à la longueur de ses textes comme à un des problèmes qu'il avait à maîtriser. Max Brod a pu contribuer à mettre son ami en garde contre des développements qu'il trouvait quelquefois « gélatineux[1] ».

Avant le livre *Regard*, si peu épais, composé de textes si courts le plus souvent, Kafka à diverses reprises a expérimenté cette même esthétique de la brièveté : les premiers textes qu'il ait jamais fait paraître, dans la revue *Hyperion* déjà, un an avant les deux « Conversations », n'occupaient que quatre pages pour huit textes, sans titres. Ils se succèdent non tant selon les liens thématiques qui peuvent les unir mais à l'évidence selon leur longueur, du plus long au plus court, le dernier ne comptant que trois lignes (c'est celui qui plus tard, s'intitulera « Arbres »). En mars 1910, de même, les cinq textes qu'il donne au quotidien pragois *Bohemia* occupent bien peu d'espace, et « Vacarme » publié en octobre 1912 dans la revue littéraire *Herder Blätter* encore moins.

Quand il s'essaie à la critique littéraire, Kafka n'est pas davantage bavard. Son article de février 1909 sur un ouvrage de Franz Blei, celui de septembre sur un autre de Felix Sternheim, l'article qu'il publie en mars 1911 sur la revue *Hyperion* qui vient de disparaître, aucun de ces textes n'est bien long[2]. Par leur simplicité d'où découle une impression de sincérité et d'authenticité, par leur brièveté aussi, ils font penser aux fictions de Jorge Luis Borges et à ses préfaces[3]. Ils contrastent avec beaucoup de

1. J., 8 décembre 1911, O.C. III, p. 175.

2. Voir Bibliographie, p. 246.

3. Parmi celles-ci, l'une est consacrée à *La Métamorphose* (1938), dans *Le Livre des préfaces*, traduction de Françoise Rosset, Folio n° 1794, pp. 157-160.

textes qu'on peut découvrir dans les colonnes voisines de ces divers périodiques.

Cette brièveté peut d'autant plus être dite maîtrisée qu'elle va à l'encontre d'une tendance assez naturelle chez Kafka qui, par périodes, se laisse quelquefois emporter par l'écriture. Kafka très tôt a en effet ainsi envisagé divers projets de textes très longs, notamment des romans. En novembre 1903 (il a vingt ans), à son grand ami d'alors, Oskar Pollak, Kafka annonce l'envoi de « morceaux d'un livre » projeté dont le titre aurait été *L'Enfant et la Ville*[1]. Roman déjà, comme plus tard *L'Oublié*, *Le Procès* ou *Le Château* ? Ou suite de « Regards » portés sur la ville et ses enfants ? On n'en sait rien, Kafka ayant lui-même détruit ce qui aurait pu être son premier livre.

Autre cas dont on peut juger plus aisément : à l'automne 1904, selon toute vraisemblance, il a terminé la rédaction de la première version de *Description d'un combat*, autre projet de livre qui l'habitera, avec des intermittences, jusqu'en 1911 voire 1912. Kafka était apparemment très attaché à ce projet puisqu'il le réécrivit en 1910 si bien qu'on en connaît effectivement deux versions. Ce projet n'aboutira pas plus que *L'Enfant et la Ville* et demeurera de même inachevé. Différence importante : *Description d'un combat* n'a pas été détruit par son auteur (mais ceci peut-être n'est pas très significatif : il a peut-être été oublié dans un tiroir chez Max Brod qui l'y redécouvrit par hasard). Nous pouvons ainsi essayer d'y percevoir comment il

1. Lettre du 9 novembre 1903, O.C. III, p. 568.

concevait une narration un peu développée.

La cohérence n'est pas ce qui caractérise *Description d'un combat*. Certes, deux personnages (mais les rôles à l'occasion peuvent s'intervertir) ne cessent de s'opposer, d'où le mot « combat » qui figure dans le titre : en cette opposition réside l'unité toute relative de cette rhapsodie. Mais l'histoire des rapports entre les deux personnages, les récits que chacun fait à l'autre, interfèrent très librement, avec beaucoup de fantaisie, le caractère baroque de l'ensemble étant encore souligné par un certain nombre d'affirmations paradoxales du genre « Les aveux ne deviennent évidents que quand on les rétracte » (p. 29) ou bien « Combien le penseur aurait intérêt à se mettre à l'école de l'ivrogne » (p. 31).

L'histoire de la rédaction de ce texte, faite d'additions successivement intégrées, et ses nombreuses dissonances confirment cette idée : indiscutablement il y a, chez Kafka, pendant toute la période où *Description d'un combat* est son seul projet d'une certaine ampleur, à la fois un désir d'étoffer son texte et un refus de le composer.

Ceci est assurément à mettre en rapport avec la conception du monde qui s'y exprime, et avec celle de la situation de l'écrivain. L'une et l'autre apparaissent explicitement en divers passages. Mais comment concevoir en effet une œuvre ordonnée, placée sous le signe de l'unité, quand ce qu'on appelle la réalité est si hypothétique, le langage si suspect, l'existence de chacun tellement problématique ?

Ces questions, Kafka ne cessera de se les poser. Le fait de les trouver exprimées dans *Description d'un combat*, commencé alors qu'il avait une vingtaine d'années, témoigne de l'unité de toute son œuvre sur ce plan. En les extrayant de leur contexte, il a dû croire avoir fait un pas suffisant vers une forme brève. Pourquoi a-t-il néanmoins regretté d'avoir publié ces deux « Conversations » ?

La réponse est à chercher dans leur forme : elles sont encore trop longues et surtout, comme l'ensemble de la *Description*, trop touffues. Elles sont aussi trop proches d'œuvres qu'il avait jadis admirées, à l'époque où il en était encore à se chercher, par exemple, *Tonio Kröger* du romancier « néo-romantique » Thomas Mann, paru en 1903 et qu'il a lu aussitôt. Indiscutablement, les rapports de « je » avec « l'homme en prière » ou avec « l'homme ivre » sont à l'image de ceux de Tonio Kröger, l'intellectuel introverti, avec ces individus tous différents de lui à qui il voue un amour plein de nostalgie. Dans les deux œuvres, c'est essentiellement de l'écrivain qu'il s'agit. Plus que quiconque, il perçoit le contraste entre « l'espoir » et « la vie ». Kafka note :

« La nouveauté de *Tonio Kröger* ne réside pas dans la découverte de ce contraste (Dieu merci, je ne suis pas obligé d'y croire, c'est un contraste intimidant) [...] mais dans l'amour singulier et bénéfique [...] qui nous porte vers notre opposé[1]. »

1. L. à M. Brod, 1904, O.C. III, p. 580. En 1917, il écrira encore, après avoir lu un article de Mann sur Palestrina, que « les textes de Mann sont de ceux dont je suis affamé » (O.C. III, p. 818).

Dans *Description d'un combat* et dans les deux « Conversations » qui en proviennent, Kafka illustre à sa façon cette même tension contradictoire.

Kafka n'acheva pas *Description d'un combat*, mais quand il adressa spontanément — ici, il serait faux d'imaginer une intervention de Max Brod — ses deux « Conversations » à *Hyperion*, c'est qu'il croyait avoir trouvé sa mesure : il publiait deux textes plus longs que ce qu'il avait déjà produit et qui en même temps restaient brefs par opposition à un roman comme *Tonio Kröger* ou *Description d'un combat*. L'œuvre y gagnait tout à la fois en simplicité (le nombre des personnages qui interviennent au total est modeste) et en richesse, de par tous les vides de la narration. On le voit, il s'essayait à un mode d'expression qui serait essentiellement le sien dans les œuvres qu'il allait toute sa vie publier : des nouvelles isolées ou des proses brèves, regroupées en recueil et entretenant avec leur contexte des rapports allusifs, à charge pour le lecteur de réfléchir à ces rapports... ou de se laisser porter par sa lecture.

Divers traits de la littérature « néoromantique » (en fait, en Allemagne, on désigne par ce mot un symbolisme tardif, celui-là même contre lequel réagiront les expressionnistes) se retrouvent dans les deux « Conversations », par exemple une transfiguration assez continuelle de la réalité, discrète ou nettement fantastique, l'animation du paysage et des éléments, le lyrisme de certains passages :

« Quel vacarme ! Toutes les vitres tremblent et les réverbères plient comme des bambous ! Le vent gonfle le manteau de la Vierge sur sa colonne et la tempête menace de le déchirer. Personne ne voit-il donc ce qui se passe ? Au lieu de marcher sur le pavé, messieurs et dames planent dans les airs. Quand le vent reprend son souffle, ils s'arrêtent, échangent quelques mots ; ils s'inclinent et s'en vont » (p. 29).

Les visions quelquefois deviennent proprement extraordinaires comme celle de ces belles dames qui sont déjà arrivées sur les terrasses quand leur traîne encore « s'épanouit sur l'escalier et frôle encore le sable du jardin » (p. 32). Nous sommes en plein conte de fées quand les laquais ouvrent les portes des voitures et que « huit beaux chiens-loups de Sibérie descendent en caracolant et bondissent en jappant sur la chaussée » (p. 33), ou dans une histoire fantastique quand les hautes maisons s'effondrent, que les petites roulent sur la place « comme sur des roulettes », ou bien, plus surprenant encore, « semblent fichées dans la terre », ce qu'elles sont en effet (p. 31).

Tous les moyens de s'évader du réel sont bons, les mots recouvrent la réalité pesante, d'où ces histoires de la Cour de France ou bien des histoires policières :

« Mon bon Monsieur, j'appartiens à la police secrète. Montrez-moi le mort immédiatement » (p. 28).

La littérature, comme le vin pour l'homme ivre, y joue son rôle, au service du mensonge. A l'évidence, on trouve dans ces pages à l'allure frivole un portrait — le premier dans l'œuvre de Kafka — de l'écrivain et de tout son cabotinage. Tel Tartuffe qui « faisait des soupirs, de grands élancements / Et baisait humblement la terre à tous moments », cet « homme en prière » est un hypocrite, lui qui, après s'être « jeté de tout son long sur le sol [...] se prenait le crâne de toutes ses forces et le frappait en soupirant souvent contre les paumes de ses mains, posées à même les dalles de l'église » (p. 21).

Mais « je » n'est pas Orgon et n'est pas trompé par ce manège, il a remarqué que « l'homme en prière » semblait heureux de l'attention qu'il suscitait, qu'avant chacun de ses pieux transports, il vérifiait par un regard lancé à la ronde si les spectateurs étaient suffisamment nombreux. « Je » sera néanmoins subjugué.

Le « je » de la deuxième « Conversation » ressemble à cet homme en prière qui, à la fin de la première, avait pris tant d'ascendant sur son interlocuteur. Le contexte de *Description d'un combat* montre qu'il s'agit bien du même personnage. Il est maintenant intarissable. De quoi ne cesse-t-il de parler ? D'ailleurs (par exemple, de Paris), de jadis (par exemple, du temps de la Cour de France), de rien de ce qui existe, ou alors pour le recouvrir de sa parole :

« O toi qu'on nommait lune, [...] je continue à t'appeler lune. Pourquoi perds-tu de ton arrogance, dès que je te nomme " vieille lanterne de papier à la couleur bizarre " ? Et pourquoi te caches-tu presque, quand je t'appelle " Colonne de la

Jiri Kolar : *Prague*. Froissage. Galerie Lelong, Paris. Ph. N'Guyen © Cosmopress/A.D.A.G.P., 1991.

« Quelles journées je passe ! Pourquoi tout est-il si mal construit que quelquefois de hautes maisons s'effondrent, sans qu'on puisse en trouver la raison ? »

Vierge " ? Et toi, colonne de la Vierge, je ne retrouve plus tes allures menaçantes, dès que je t'appelle " Lune à la lumière jaune ! " » (pp. 30-31).

Dans les deux « Conversations », il n'est question que du bonheur d'agir par des paroles sur le monde alors qu'il est illusoire de penser que lever les mains et commencer à parler suffit pour faire taire les murmures de la nuit (p. 30). Nommer, être nommé, atteindre la renommée. Il y a une part du jeune Franz Kafka dans cet aveu : « J'ai vingt-trois ans et pas encore de nom » (p. 31).

Dans la première « Conversation », on a entendu l'homme en prière avouer tout net : « Je prie uniquement pour qu'on me regarde. » Le fait que le cabotinage soit monnaie courante, et qu'on l'avoue, avec plus ou moins de discrétion, ne le rend pas pour autant pardonnable : « Mon nom est — mon nom est Jérôme Faroche, je suis épicier rue de Cabotin » (p. 33).

L'homme ivre au contraire est taciturne, il ne dira que quelques mots, *in extremis*. Lui d'ailleurs oublie les noms, celui de son beau-frère, celui de sa rue. En fait, c'est le discoureur qui est ivre de paroles, d'où cette parodie de beau langage : « Je vous prie, seigneur aux beaux atours, est-il vrai, comme on m'a raconté, [...] et est-il vrai, [...] et serait-il possible... ? » (p. 32).

Et c'est cet homme faux qui se mêle de dénoncer le désordre du monde (« L'ordre n'y règne pas toujours », p. 33) et, armé de ses fausses certitudes, de sauver l'ivrogne ? Celui-ci lui avoue ses doutes :

« “ Je ne suis pas bien sûr d’avoir un beau-frère. — Mais maintenant, je m’en vais. — Croyez-vous que je vais le trouver ? ”

« Je répondis sans hésiter : “ Certainement [...] Souffrez que je vous conduise. ”

« Il ne répondit pas. Je lui tendis mon bras, pour qu’il y prenne appui » (p. 34).

L’intérêt pour Kafka d’arrêter là cette « Conversation », c’est qu’elle laisse rêver à un bras tendu en pure perte.

Mais les textes disent aussi la possibilité d’une langue pure et naturelle, dont les mots et les phrases adhèrent pleinement à la réalité sans l’occulter ni la trahir, comme des évidences. La première « Conversation » permet à Kafka de parodier une certaine littérature frivole et fausse mais en même temps, elle témoigne de sa capacité potentielle à atteindre le réel, pour le plus grand bonheur de l’homme. Tel peut être le sens de cet épisode qui, comme *La Métamorphose*, commence par un réveil et une révélation, heureuse cette fois :

« Un jour, quand j’étais enfant et que j’ouvrais les yeux après une courte sieste, l’après-midi, encore tout ensommeillé, j’entendis ma mère qui, du haut de son balcon, demandait d’un ton tout naturel : “ Que faites-vous là ma chère ? Il fait si chaud. ” Du jardin, une femme lui répondit : “ Je goûte au grand air. ” Elles disaient cela sans y penser et de manière peu distincte, comme si elles eussent proféré des évidences » (p. 27).

Aucun cabotinage dans ces paroles mais

la nature, l'authenticité, la simplicité, la compréhension immédiate. La richesse aussi : en allemand, la formule « Je goûte au grand air » (Bernard Lortholary la traduit : « Je prends une collation dans la verdure ») est encore plus riche qu'en français. Aucun rapport avec ce langage qui, dans le contexte, tourne le dos au réel et génère un malaise insupportable, comme « un mal de mer sur la terre ferme ». Car la terre est ferme, stable. C'est parce que le langage est déréglé qu'elle semble rouler, d'où tous ces écroulements apparents. C'est aussi parce qu'on ne regarde pas les choses telles qu'elles sont : un peuplier est un peuplier, et non une « Tour de Babel », et, quand il est balancé par le vent, il n'est pas « Noé, du temps qu'il était ivre » (p. 25).

Ces deux « Conversations » sont donc aussi un art poétique, comme avant elles la « Lettre de Lord Chandos » d'Hofmannsthal, contemporaine de leur rédaction[1]. Kafka connaissait bien l'œuvre d'Hofmannsthal, Max Brod a témoigné de l'admiration que Kafka lui portait en ce qu'il était capable d'écrire une formule comme : « L'odeur de la presse humide dans un vestibule[2]. »

Prendre le parti des choses, comme plus tard un Francis Ponge, leur accorder ce minimum de « considération » (et non pas de « contemplation ») y fait découvrir une richesse qui vaut bien celle des étoiles[3], Hofmannsthal, dans sa « Lettre », en suggère la possibilité théorique :

« Un arrosoir, une herse à l'abandon dans

1. Voir Dossier, p. 220.

2. Max Brod, *Franz Kafka, souvenirs et documents*, trad. Hélène Zylberberg, coll. Idées, p. 78.

3. « Apprenez donc à considérer simplement le jour... » : Francis Ponge (« La robe des choses » dans *Pièces*, 1962) joue volontiers sur l'étymologie sidérale du mot.

un champ, un chien au soleil, un cimetière misérable, un infirme, une petite maison de paysans, tout cela peut devenir le réceptacle de mes révélations. »

On le voit, on est là aux antipodes du clinquant des lourdes mises en scène de la seconde « Conversation » avec ses laquais en costumes, nés d'une imagination déréglée.

Dans les deux « Conversations » s'affiche la conscience de l'insuffisance de la littérature telle qu'on la pratiquait jusqu'alors. Et telle que Kafka avait été tenté lui-même de la pratiquer, le texte en conserve quelques traces : il n'est pas seulement ironique, il est aussi illustration de la capacité de Kafka à jouer avec les mots, pour son plaisir et le nôtre, gratuitement, comme dans certains spectacles[1].

La différence avec Hofmannsthal, c'est que, bien que cette révélation le fasse souffrir, Kafka n'abandonnera pas le combat qu'il décrit et qui sera le sien toute sa vie, tout entière consacrée à la littérature telle qu'il la conçoit, quels que soient les sacrifices. Hofmannsthal au contraire, comme avant lui Rimbaud, a fait le choix inverse : son Lord Chandos mènera une existence « hors de l'esprit, de la pensée ». Pour Rimbaud, ce sera le Harrar, pour Lord Chandos, l'existence ordinaire des gentilshommes campagnards ses voisins, et pour Hofmannsthal, la vie brillante d'un dramaturge et librettiste d'opéra : il est peu d'arts plus éloignés de la nature et de la simplicité[2].

1. Les deux « Conversations » semblent le texte et les indications scéniques de deux tableaux qu'il ne devrait pas être bien difficile de « monter ». Kafka était un spectateur passionné de théâtre et aimait aussi le cinéma.

2. Hofmannsthal a ainsi composé le livret du *Chevalier à la Rose* de Richard Strauss (1911).

Il y a beaucoup d'autres préoccupations habituelles à Kafka dans ces deux « Conversations », toutes deux placées sous le signe de la rencontre, pleines d'amis potentiels, pleines de jeunes filles aussi, et de couples d'amoureux.

La religion ? L'église (catholique) n'est que lieu de rencontre, l'homme en prière n'est qu'un faux dévot au milieu de bigotes. Pendant longtemps encore, Kafka demeurera de même étranger à sa propre confession. Quand, en 1911-1912, il s'intéressera au judaïsme oriental, aux temps de l'amitié avec l'acteur Isak Löwy, ce sera pour sa réalité vécue et non par mysticisme. A un certain moment pourtant, dans la « Conversation avec l'homme ivre », il semble que Kafka se souvienne de la quête du Graal où parler trop — ou au contraire ne pas poser la bonne question — est lourd de conséquences : « Ce serait me condamner à toute une vie de larmes que de ne pas vous questionner aujourd'hui » (p. 32).

Mais ici, pas d'enchantement du Vendredi Saint : il y a trop d'ostentation, les cœurs sont et demeurent trop impurs pour le mériter, la Vierge n'est qu'une statue au haut d'une colonne, le ciel est vide, peuplé seulement des rêveries des hommes, ou des phénomènes météorologiques, naturels ou artificiels : par le moyen d'« énormes toiles grises qu'on soulève du sol pour les déployer dans les airs au moyen de gros cordages », on peut offrir à la grande dame, qui l'a voulue ainsi, une matinée brumeuse. Les cieux, planètes et étoiles, sont masqués par un écran : comment énonceraient-ils la gloire d'aucun dieu ?

Kafka a certes renié ces deux « Conversations », il semble y avoir perdu son temps à caricaturer sa première manière. En fait, les avoir publiées a pu, par réaction, hâter sa maturation. L'autoportrait constitue ici, comme plus tard dans *Le Verdict*, une sorte d'acte d'auto-accusation, car c'est bien de lui qu'il s'agit : Kafka désormais pourra non plus rompre des lances avec sa première manière mais essayer vraiment d'écrire sien. Ce sera *Regard*.

IV *REGARD*

Les deux « Conversations » avaient paru dans une revue à laquelle Kafka les avait spontanément adressées, hors de toute pression extérieure. *Regard* au contraire est un livre, quoique fort mince, et il est l'aboutissement d'efforts assidus de Max Brod pour amener Kafka à le publier. Très paradoxalement, Kafka, d'abord heureux des « Conversations », dira bientôt qu'elles lui inspirent du « dégoût », n'en parlera plus jamais dans ses lettres ni son *Journal*, ne les republiera jamais. A l'inverse *Regard*, qui apparemment lui a tant coûté, dont il regretta d'abord d'avoir accepté le principe, dont il a failli abanbonner le projet, va finalement compter énormément pour lui, et autant dans sa vie que dans son œuvre. Ce n'est que très tardivement que Kafka aura pour son livre une parole assez dure mais où il faut faire la part de sa modestie : « Pourquoi lis-tu des livres aussi anciens et aussi médiocres que *Regard* ? » demande-t-il à Felice Bauer, sa fiancée, en 1915.

Le recueil est fait de dix-huit pièces brèves ou très brèves, pour la plupart assez anciennes, et leur style peut quelquefois être assez inattendu quand on ne connaît de Kafka que ses œuvres ultérieures, *Le Verdict*, *La Métamorphose*, ses romans, etc. Mais, projeté en juin 1912, mis au point pendant l'été, publié en décembre, objet aussitôt de plusieurs critiques dans la presse, *Regard* importe énormément à notre connaissance de Kafka à cette époque qui est celle de la première rencontre avec Felice Bauer et des premiers temps de leur correspondance, celle aussi, justement, de la rédaction du *Soutier*, du *Verdict* et de *La Métamorphose*, tous composés avant décembre[1].

Le livre est dédié à Max Brod. L'ami de Kafka a en effet joué un rôle déterminant de bout en bout. C'est lui qui a fait se rencontrer Kafka et l'éditeur Ernst Rowohlt à Weimar, le 29 juin 1912. Max Brod avait d'abord rencontré seul l'éditeur, lui avait donné à lire des textes de Kafka, avait sans doute réglé avec lui un certain nombre de détails, d'où le lendemain, la facilité avec laquelle le projet d'un livre est proposé par Rowohlt à Kafka qui note dans son *Journal* : « Café français. Rowohlt veut assez sérieusement un livre de moi[2]. »

1. Voir Bibliographie p. 246.

2. J., 29 juin 1912, O.C. III, p. 260. J. Unseld (*op. cit.*, pp. 40 et suiv.) relate en détail les circonstances de cette rencontre.

C'est à Max Brod qu'il dira ses difficultés, sa tentation de renoncer, et l'on peut supposer quel fut alors le rôle joué par son ami :

« 7 août. Long tourment. Enfin écrit à Max que je ne puis pas mettre au net les petits morceaux qui restent, que je ne veux pas me forcer, et qu'en conséquence, je ne publierai pas le livre[1]. »

C'est vraisemblablement Max Brod qui avait fait admettre, jadis, par Franz Blei et Carl Sternheim, les premiers textes que Kafka ait jamais publiés, dans le premier numéro de la revue *Hyperion*, en 1908, huit textes qui tous prendraient place dans *Regard*[2]. C'est lui qui, *in extremis*, révisera une dernière fois le manuscrit avant son expédition à l'éditeur le 14 août 1912.

Dans sa lettre à Ernst Rowohlt, sa première lettre à un éditeur, Kafka avoue aimablement son « désir d'avoir [lui] aussi un livre parmi [ses] beaux ouvrages » : « Je serais heureux que les textes vous plaisent assez pour que vous les imprimiez[3]. » Il émet des réserves mais est relativement apaisé car « ce qu'ils ont de mauvais n'apparaît pas à première vue ». Il dit ne pas s'être décidé à envoyer ses textes « en toute pureté ». La formule autorise qu'on perçoive à ses côté la présence attentive de son ami.

On dira l'importance aussi de la première rencontre de Felice Bauer et de Kafka pour une meilleure compréhension du *Verdict*. Les critiques ont tous noté qu'il y avait un rapport direct entre l'envoi à Felice, par

1. J., 7 août 1912, O.C. III, p. 285.

2. Sur l'ordre de présentation de ces textes, voir Bibliographie, p. 246.

3. L. aux Éditions Rowohlt, 7 septembre 1912, O.C. III, p. 687.

Kafka, de sa première lettre, le 20 septembre 1912, et la rédaction, dans la nuit du 22 au 23, de cette nouvelle qui dit clairement l'impossibilité de toutes fiançailles. Or, le lien entre *Regard* et elle, pour être d'une autre nature, est lui aussi important.

Il serait sans doute abusif de penser que c'est la rencontre avec Felice Bauer le 13 août 1912 qui a déterminé Kafka à envoyer son manucrit à l'éditeur le lendemain : le 14 était de fait la date limite pour cet envoi. Tout ce qu'on peut observer, c'est que Kafka l'a effectivement envoyé à la date prévue alors que, depuis des semaines, il peinait à mettre en ordre les textes qui devaient le composer et qu'à diverses reprises il avait été tenté de tout abandonner.

La rencontre avec Felice la veille n'y est-elle vraiment pour rien ? Kafka la rencontre chez les parents de Max Brod, il était venu là pour discuter avec lui du recueil en préparation. Le lendemain, il écrira à son ami avoir été alors « sous l'influence de la demoiselle hier, au moment de fixer l'ordre des petits textes ». De quelle nature cette influence ? Felice ne s'est pas mêlée du travail des deux amis, c'est sa seule présence qui est en cause. Kafka écrit à ce propos :

« Il se peut que cela ait engendré quelque sottise, quelque chose de secrètement comique dans la succession des morceaux. Je t'en prie revois cela et laisse-moi inclure mes remerciements dans le tout grand merci que je te dois[1]. »

D'une manière assez significative, quand

1. L. à M. Brod, 14 août 1912, O.C. III, p. 686.

on connaît les difficultés que Kafka aura toute sa vie à concevoir ensemble vie d'écrivain et vie de famille, la première fois qu'il évoque Felice Bauer par rapport à son œuvre, c'est pour exprimer une crainte : l'influence de la jeune fille est jugée ouvertement négative. Elle-même d'ailleurs est évoquée par Kafka en des termes qui ne suggèrent pas vraiment un coup de foudre. A son *Journal*, une semaine après la rencontre, il confie :

« Mlle F. B. Quand j'arrivai chez Brod, le 13 août, elle était assise à table et je l'ai pourtant prise pour une bonne. Je n'étais d'ailleurs nullement conscient de savoir qui elle était, je l'ai aussitôt acceptée. Visage osseux et insignifiant, qui portait franchement son insignifiance [...] Elle semblait être habillée tout à fait comme une ménagère [...] Nez presque cassé. Cheveux blonds un peu raides et sans charme, menton fort[1]. »

Et pourtant ce portrait se termine par ses mots :

« En m'asseyant, je la regardai attentivement pour la première fois, une fois assis, j'avais déjà sur elle un jugement inébranlable. »

L'envoi du manuscrit à l'éditeur, autre geste définitif, n'est pas sans rapport avec ce « jugement inébranlable » porté sur Felice, comme si Kafka avait en un instant décidé de voir en elle son destin. Bientôt il lui écrira, sa première lettre est du 20 septembre, la seconde du 28, la troisième du 13 octobre. Au-delà le rythme va s'em-

1. J., 20 août 1912, O.C. III, pp. 287-288.

baller, le tutoiement lui échappera le 11 novembre, puis l'aveu de son amour. Ce qui s'est décidé le 13 août est capital, qu'il s'agisse de ce regard porté sur Felice Bauer, ou de son manuscrit enfin expédié : par ces deux décisions parallèles Kafka entre dans l'inéluctable.

Dans ses lettres nombreuses et souvent fort longues, il est naturel — et donc peu signifiant peut-être — que Kafka parle à Felice des progrès de son petit livre : il y parle de tant d'autres choses. Mais Felice est plus qu'informée de ces progrès, elle y est associée : Kafka lui adresse le premier jeu d'épreuves, lui demande par exemple son avis sur les caractères typographiques, sur le format, d'où l'affirmation :

« Il [le livre *Regard*] t'appartient comme à personne d'autre[1]. »

Pourtant, l'œuvre entière avait été rédigée avant leur première rencontre. De quel ordre alors cette appartenance ? Force est de reconnaître que le livre a d'abord été pour Kafka un élément de sa stratégie amoureuse, un prétexte à dialoguer, un lien objectivement assez artificiel entre lui et la « Berlinoise », de même genre que la proposition que Kafka avait faite à Felice lors de leur première rencontre, le 13 août, de partir avec lui pour la Palestine ! Dans le même esprit, il avait dit à son ami Max Brod, à propos d'une autre jeune fille qui s'était attachée à lui, un mois tout juste avant sa rencontre avec Felice : « Serait-il vrai qu'on peut enchaîner les jeunes filles au moyen de l'écriture[2] ? »

1. L. à F.B., 11 décembre 1912, O.C. IV, p. 146.

2. L. à M. Brod, 13 juillet 1912, O.C. III, p. 680.

Dans ses lettres, Kafka multiplie les références à son « livre, petit livre, petit carnet », certes, celui-ci n'est « pas très bon » mais il promet d'en écrire de meilleurs. Il envoie aussi à Felice le texte des titres des cinq premiers chapitres de son roman en cours, *L'Oublié* (« mon premier travail un peu long depuis 15 ans »), annonce comme prochaine la publication de *Regard* et du *Verdict* (« Tu les recevras naturellement tous les deux dès qu'ils seront sortis »). Pour Felice, Kafka n'est pas qu'un employé de bureau, c'est aussi et surtout un écrivain. La sortie du livre est prévue pour le mois prochain, pour la semaine prochaine, pour le lendemain...

Il semble que ce ne soit plus alors un jeu, il y a trop d'angoisse dans ce compte à rebours, d'où un certain fétichisme quand il écrit :

« Aujourd'hui, la poste a apporté le premier exemplaire relié de mon petit livre (je te l'envoie demain) et pour marquer que nous nous appartenons, il [le facteur] avait mis le rouleau contenant ta photo dans la bande du livre[1]. »

Il avait écrit aussi, comme une plaisanterie (mais qu'en sait-on, et qu'en sait-il lui-même, au fond ?) : « La semaine prochaine, tu recevras mon petit livre. Combien de baisers recevrai-je en échange[2] ? »

C'est que ce livre, c'est lui, d'où l'importance qu'il soit bien perçu, aimé peut-être. Felice Bauer a reçu le livre le 12 décembre 1912, à dix heures, Kafka manifestement retient son souffle... Rien ne se passe. On

1. L. à F.B., 10-11 décembre 1912, O.C. IV, p. 145 (p. 133 pour la précédente citation).

2. *Id.*, 6-7 décembre 1912, p. 133.

ne connaît la réaction de Felice que par une lettre de Kafka, plus de quinze jours plus tard : « Mon livre te plaît aussi peu que naguère ma photo[1]. »

1. *Id.*, 29-30 décembre 1912, p. 195.

Consolation immédiate :

« Ce ne serait pas si grave, car les choses qui s'y trouvent sont en majeure partie anciennes, mais malgré tout, c'est encore une partie de moi-même, et par conséquent, une partie de moi-même qui t'est étrangère. »

Kafka se dit prêt à en faire lui-même le sacrifice :

« Je suis prêt, pourvu que je te sache pressée contre moi, à *commencer* par repousser *moi-même* le petit livre du pied. Si tu m'aimes dans le présent, le passé peut rester là où il est. »

Les phrases qui suivent sont assez pathétiques par leurs répétitions :

« Mais pourquoi ne me le dis-tu pas, pourquoi ne me dis-tu pas en deux mots que ce livre ne te plaît pas — Tu n'aurais même pas besoin de dire qu'il ne te plaît pas (ce ne serait pas non plus la vérité), tu pourrais dire simplement que tu ne parviens pas à t'y retrouver [...] Il serait très compréhensible que tu ne saches que faire du livre, ce qui laisserait espérer qu'il puisse encore t'attirer un jour, à une heure de bonne disposition et de faiblesse [...] Un jugement de ta part m'aurait paru tout naturel. Mais tu n'as rien dit, deux fois, certes, tu as annoncé quelque chose, mais tu ne l'as pas dit. »

Le ton est plus calme quelque temps plus

tard, mais Kafka espère toujours, un jour ou l'autre, être compris :

« Ne te tracasse pas pour le livre, mes propos de l'autre jour n'étaient que l'effet de la triste humeur d'une triste soirée. J'ai cru ce jour-là que le meilleur moyen de te rendre mon livre agréable était de te faire des reproches stupides. Lis-le donc à l'occasion, si tu as un moment de tranquillité. Comment pourrait-il finalement te rester étranger[1] ? »

1. *Id.*, 2-3 janvier 1913, p. 205.

Felice « finalement » a posé des questions, Kafka promet d'y répondre... On ne trouve pas ses réponses dans sa correspondance. Une lettre aurait été perdue (ce ne serait pas la seule) ? Ou bien Kafka a-t-il renoncé ? Il se bornera à recopier mot à mot une lettre reçue d'un critique, Stoessl, qu'il dit ne pas prendre au sérieux, il évoquera la critique d'Otto Pick parue dans *Bohemia*, celle de Max Brod dans *März*, coupable d'être aveuglé par son amitié[2]. Il attirera l'attention de Felice sur une critique parue à Berlin, qu'il n'a pas lue, qu'il demande à sa correspondante de lui trouver...

2. Voir plus bas, deux critiques parues sur *Regard* (Dossier, p. 229).

Mais lui-même semble avoir renoncé à expliquer quoi que ce soit. En quoi est-il grave que le livre soit demeuré « étranger » à Felice ? Il donne lui-même la réponse, dans la lettre qui suit immédiatement celle où il faisait ce constat :

« [Avec *Regard*] tu as une image de moi absolument conforme à la vérité ; tel que tu me vois dans mon petit livre, tel je suis dans la réalité, ou tel j'étais du moins récemment[3]. »

3. L. à F. B., 3-4 janvier 1913, O.C. IV, p. 208.

Non ce ne sont donc pas des choses anciennes, ainsi qu'il l'avait dit d'abord, c'est lui tel qu'il fut et demeure, d'où la douleur pour lui née de ce silence de Felice. D'où pour nous lecteurs la possibilité de percevoir le texte dans sa dimension autobiographique, et la nécessité d'interroger cette forme originale d'autobiographie très indirecte qu'avait conçue Kafka.

Pour identifier, dans *Regard*, ce qui est écho de la vie de son auteur, sur le plan anecdotique, et ce qui est caractéristique de sa manière d'être au monde, il suffit de lire son *Journal* (il le tient plus ou moins régulièrement à partir de 1909) et ses lettres à sa famille et à ses amis. Ce n'est pas à ce niveau que se situe l'originalité du livre.

Les deux « Conversations » de même évoquaient Prague, la Colonne de la Vierge au pied de laquelle Max Brod et Kafka se fixaient volontiers rendez-vous, et la place Wenceslas ou la rue Charles. L'homme en prière, où l'on peut voir la figure de l'écrivain, est imaginé « comme un jeune homme à la silhouette maigre » où l'on reconnaît aisément Kafka que sa maigreur désespérait. D'autres textes, après *Regard*, notamment « Vacarme », paru dans une revue, puis *La Métamorphose*, sont bien plus explicitement articulés sur une réalité personnellement vécue par lui.

Dans *Regard*, l'appartement des Kafka est certes aisément reconnaissable, sinon son décor (on en dit si peu), du moins l'atmosphère qui y régnait, le soir, au moment par exemple de la partie de cartes :

étouffante. Mais il semble que Kafka ait voulu ne pas trop multiplier les signes d'un rapport à sa vie privée puisque dans « La Promenade inopinée », il a masqué, dans la version définitive, un détail qui apparaissait dans la version parue d'abord en revue, à savoir une possible « colère paternelle » (« väterlicher Ärger »). En même temps, la forme du texte, une seule longue période au rythme travaillé, en souligne le caractère littéraire.

Il est tentant d'assimiler le *Commerçant* « rempli de soucis » à Hermann Kafka, mais son magasin à lui n'est pas un « petit magasin » avec un seul employé, et il est douteux que dans l'ascenseur, Kafka père se soit jamais laissé aller aux mêmes excentricités que son double littéraire.

Pourtant les préoccupations sont bien celles de Kafka : il écrit la nuit, sort relativement souvent le soir, et la nuit est omniprésente dans *Regard*. Sa santé n'est pas très bonne, son *Journal* précise la date de ses syncopes, évanouissements, maux de tête, et insomnies, or plusieurs des personnages de *Regard* sont également las, voire épuisés, manquent en tout cas de dynamisme, comme l'enfant maladif du premier texte : il ne suivra les autres « Enfants sur la grand-route » que sous leur pression, participera certes à leurs jeux violents, mais manifestement préférerait pouvoir dormir « pour de bon » (p. 37), au creux d'un fossé.

Autre préoccupation manifeste : dans sa vie, Kafka est loin d'avoir toujours été un « Amoureux éconduit », et de même, jeunes filles et femmes apparaissent dans la quasi-totalité des textes du recueil, avec ou sans leur amoureux. Elles attirent, leurs corps et leurs vêtements intéressent, plusieurs fois dans *Regard*, un homme s'approche d'une femme, quelquefois jusqu'à la frôler. Lui parler demeure néanmoins problématique et la seule fois où un dialogue s'engage, il aboutit à ce constat :

« Oui, nous avons raison tous les deux et, pour ne pas nous en administrer la preuve irréfutable, mieux vaut, n'est-ce pas ? rentrer chez nous, chacun de son côté » (p. 52).

Parler aux jeunes filles ! Kafka a noté dans son *Journal* :

« Pour pouvoir parler aux jeunes filles, j'ai besoin des personnes plus âgées autour de moi. Le léger trouble qu'elles répandent donne de la vie à ma conversation, il me semble que les exigences qu'on me pose sont diminuées ; si les paroles que je laisse échapper sans examen ne conviennent pas à la jeune fille, elles peuvent toujours être placées à l'intention de la personne plus âgée, auprès de laquelle je puis encore, quand cela devient nécessaire, aller chercher de l'aide en grande quantité[1]. »

1. J., 8 décembre 1911, O.C. III, p. 175.

Que de crainte dans cette notation ! La solitude, la crainte du célibat, le retour chez soi dans une maison vide, le désir d'enfants qui soient siens, tout ceci apparaît clairement dans le recueil comme dans le *Journal* et comme dans les autres œuvres à venir.

Aussi l'originalité de *Regard* n'est-elle pas là. Ou alors, elle tient au fait que les thèmes ici abordés sont traités sans la violence qui caractérisera *Le Verdict* et *La Métamorphose*. Pas de mort du fils dans *Regard* : et si les fenêtres ouvrent sur la rue, on s'y accoude pour observer le ciel ou les gens, il n'est pas question de les enjamber pour se jeter dans le vide. Le suicide, très précisément envisagé comme un « saut par la fenêtre », est pourtant pour Kafka une tentation périodique : dès 1908, il disait à son amie d'alors habiter dans la « rue Tremplin-pour-les-candidats-au-suicide » ; en novembre 1911, il s'est vu « passer à travers la fenêtre presque fermée », et le jour de Noël 1911 encore, avec plus de précision que jamais, il note :

« Se lancer contre la fenêtre et, faible comme on l'est après avoir employé toute sa force, franchir la barre d'appui en traversant les morceaux de bois et de verre qui ont volé en éclats[1]. »

1. J., 25 décembre 1911, O.C. III, p. 200.

Par comparaison avec la rêverie obsédante qui accompagne les fenêtres dans la vie de Kafka, celles du recueil *Regard* semblent vouer à un usage bien moins tragique : voir dehors. Si un appui de fenêtre est franchi, c'est de l'extérieur vers l'intérieur, par un des enfants venus chercher leur petit camarade pour l'associer à leurs jeux. Tout le contraire de la mort.

En cela l'œuvre est originale : non en ce qu'elle est l'écho plus ou moins transformé d'un réel, mais en ce qu'elle affirme la possibilité de maintenir le désespoir aux lisières de l'œuvre d'art. Il n'en ira plus de même avec *Le Verdict*, *La Métamorphose*,

A la Colonie pénitentiaire, et tant d'autres œuvres plus conformes à l'idée qu'on se fait *a priori* d'une œuvre kafkaïenne.

Cela tient-il au fait que les soucis de Kafka à propos de l'usine d'amiante dont on voudrait qu'il s'occupe n'étaient pas encore apparus ? Que les rapports avec son père, quoique tendus, ne s'étaient pas encore dégradés au point de contaminer l'œuvre à naître ? Qu'il connaissait des moments, plus nombreux qu'on ne le croit souvent, où il avait pleinement conscience de ses facultés créatrices[1] ?

Ce qu'inaugure *Regard*, dans l'œuvre publiée de Kafka, c'est une écriture fragmentaire qu'il ne cessera dès lors de pratiquer.

D'où l'importance de ce titre au singulier, *Regard*. C'est par erreur que plusieurs pièces du recueil avaient reçu, dans la revue où elles avaient été d'abord publiées, le titre de « Regards » au pluriel (« Betrachtungen ») car Kafka tenait à ce singulier, c'est d'un même regard qu'il s'agit, d'une même manière d'être et de percevoir le monde. La question du rapport des fragments à la totalité est essentielle. Elle était déjà inscrite en filigrane dans les deux « Conversations », fragments extraits d'un ensemble plus large, *Description d'un combat*, ensemble lui-même fragmenté en épisodes qui se succèdent avec beaucoup de désinvolture. Chacune de ces « Conversations » faisait la part belle au spectaculaire, cultivait une esthétique de la surprise, et le narrateur de la seconde a

1. « Que j'écrive une phrase sans choisir, par exemple : " Il regardait par la fenêtre ", et elle est déjà parfaite » (J., 19 février 1911, O.C. III, p. 27) ; « Ma conscience de mes facultés créatrices est immense » (*id.*, 3 octobre 1911, p. 90).

toute la fantaisie et l'incongruité d'un bonimenteur.

Chacune pourtant avait sa cohérence, le discours s'y développait dans la continuité même si c'était pour dire le caractère suspect des apparences et la fragilité des représentations. C'est précisément quand Kafka aura réussi à concevoir *Regard* qu'il dira son « dégoût » pour les deux longues « Conversations » puis abandonnera aussi son projet de roman américain. Il y faisait pourtant la part belle aux coups de théâtre et renversements de situations. Tout au plus en laissera-t-il paraître le premier chapitre, *Le Soutier*, mais en insistant pour que la mention « Un fragment » apparaisse clairement sous le titre[1].

1. L. à Kurt Wolf des 4 et 24 avril, O.C. III, pp. 709 et 712.

C'est que Kafka, avec *Regard*, a inauguré une forme nouvelle d'écriture qui lui fait rejeter tout ce qui, par sa continuité même, est en contradiction avec ce dont il veut témoigner.

Les « fragments » de *Regard* ne résultent pas seulement de la désintégration de la totalité formelle que constituait *Description d'un combat* (quatre textes de *Regard* en proviennent, ce sont « Enfants sur la grand-route », « L'Excursion en montagne », « Robes » et « Arbres ») : le recueil est composé de fragments parce que telle est la forme qui peut le mieux suggérer la désintégration de toute perception unifiée du réel et de ses représentations, faute de quoi elle trahirait ce réel en n'étant pas elle-même à l'image de cette perception subjective et partielle.

Les textes sont explicitement indépendants : « je » est tantôt un enfant maladif, comme dans le premier texte, tantôt un commerçant rempli de soucis ou un amateur d'excursions en montagne, ou un habitué des champs de courses. Le cadre change d'un texte à l'autre, ville, campagne, intérieur-jour, extérieur-nuit, ou le contraire, avec seulement des arbres dans le paysage, ou des robes en gros plan, sous le regard d'un « je » qu'on ne connaît que par ce regard, ou alors c'est la grande foule, ou seulement deux personnes qui courent, ou marchent, ou bien c'est un homme seul qui rentre chez lui.

Les textes sont tantôt une seule et longue phrase (« La Promenade inopinée »), tantôt composés de plusieurs paragraphes, tantôt d'un seul. Ils sont tantôt relativement longs (le premier et le dernier), tantôt courts, voire très courts. Ils sont tout entiers une citation, d'où des guillemets (mais qui parle ?) comme « L'Excursion en montagne » ou « Arbres », tantôt ils font alterner les styles direct et indirect, etc.

Ce sont autant de « sketches », mais si chacun est un monde, ils s'inscrivent tous dans un univers dont on pressent les lois car d'un texte à l'autre, les liens sont assez évidents qui poussent à en chercher d'autres, plus secrets et non moins vrais.

Les textes s'enchaînent très logiquement, ou se répondent de loin en loin. La rêverie sur les robes « bien tendues sur de jolis corps » suit le texte « Le Passager du tramway » où « je » est tout proche d'une jeune fille qu'il détaille du regard, elle et ses vêtements. Les deux textes opposent à la fraîcheur apparente de la jeune fille l'image d'un visage « usé, bouffi, poussiéreux, un visage trop vu et à peine mettable » (p. 51). Le thème est aisément repérable, d'autant qu'il a été souvent traité : Ronsard avait déjà tout dit sur les « plis de la robe pourprée » des « mignonnes » dont la vieillesse fera ternir la beauté. La réaction de « L'Amoureux éconduit » dans ce contexte se comprend aisément, d'autant que « la robe en taffetas plissé de la jeune fille » (p. 52) souligne la continuité des trois textes.

De même le rapport est évident entre le texte « Résolutions » et celui qui le précède immédiatement où l'on voit un fils qui, contre toute attente, décide de sortir inopinément, quelle que soit l'irritation qu'il laisse derrière lui. En fait « Résolutions » montre combien la tentation est grande de ne se résoudre à rien, et le contraste entre les deux textes suggère le caractère très hypothétique de la « promenade inopinée », celle-ci n'étant peut-être que la rêverie de ce que le héros aurait pu faire s'il l'avait osé... Le texte apparemment heureux en devient discrètement pathétique et ironique à la fois.

D'autres liens sont évidents, soulignés dès les titres : « Le Malheur du célibataire » répond à « L'Amoureux éconduit » ; à « Regards distraits à la fenêtre » répond « La Fenêtre sur rue », sans que ces textes soient consécutifs. On pourrait multiplier les exemples : les « Enfants sur la grand-route » poussent des cris de Sioux, ailleurs, ils sont vraiment des peaux-rouges sur leur cheval fougueux, ailleurs des grandes personnes font des paris sur des courses de chevaux (p. 53), et le dernier texte nomme encore les champs de courses. Ici la forêt se met à murmurer (« Enfants sur la grand-route », p. 38), là elle parle clairement (« Arbres », p. 55).

Kafka a voulu qu'au premier texte réponde le dernier où un enfant (le même ? un autre ?) fait irruption dans la chambre de l'adulte qu'il est devenu, les deux textes se faisant d'autant plus clairement écho qu'ils sont les seuls de leur dimension par opposition à tous les autres.

Pour paraphraser Baudelaire, on peut difficilement « passer à travers » cette forêt de signes et toutes ces correspondances sans éprouver l'intuition d'une « ténébreuse et profonde unité » qui incite à rechercher encore d'autres signes, plus discrets, plus secrets. On peut en trouver d'innombrables.

Mais ce faisant, on reconstruit à la réflexion une totalité que Kafka a voulue déconstruite, on comble des vides, d'autant plus nombreux que les pièces sont brèves, on complète l'œuvre comme si elle était inachevée alors que Kafka l'a voulue telle, *avec* ses vides. On peut dire de ses textes ce qu'il nota lui-même, dans son *Journal*, de certaines conversations dont les vides importent plus que le flot des paroles[1].

Les frères von Schlegel, au début du XIXe siècle, avaient inauguré cette écriture

1. « Ces conversations font voir des espaces vides qui, si l'on tient à rester présent, ne peuvent être remplis que par la réflexion ou mieux encore par le rêve » (J., 24 mars 1912, O.C. III, p. 252).

fragmentaire caractéristique d'une certaine poésie romantique dont « l'essence, écrivaient-ils, est de ne pouvoir qu'éternellement devenir et ne jamais s'accomplir » (en France, c'est Joubert qui pourrait en apparaître comme la figure emblématique). Mais alors que chez eux, les fragments réunis constituaient un « amas bariolé de trouvailles » pour reprendre le mot de Friedrich von Schlegel, ils se caractérisent ici par tant de signes évidents de leurs rapports, l'unité d'atmosphère de l'un à l'autre est telle qu'ils suggèrent la promesse de l'œuvre achevée plus que son impossibilité foncière. En ce sens ils en autorisent une lecture heureuse.

« Un ouvrage meurt d'être achevé », a dit Paul Valéry, au contraire, *Regard*, si mince, composé de proses si brèves le plus souvent, constitue une totalité bien vivante. Maurice Blanchot avec beaucoup de force a insisté sur cet aspect de l'œuvre :

« Rien ne manque [à ces pages], même pas ce manque qui est leur objet : ce n'est pas une lacune, c'est le signe d'une impossibilité qui est partout présente et n'est jamais admise — impossibilité de l'existence commune, impossibilité de la solitude, impossibilité de s'en tenir à ces impossibilités[1]. »

Kafka apparaît ici — il le dit à Felice quand il lui adresse son livre — tel qu'en lui-même et mieux que dans son *Journal* dont la continuité des dates et la permanence d'un « je » écrivant est une trahison par rapport à ce qu'il perçoit sur le mode du

1. « La lecture de Kafka » (1943), *op. cit.*, p. 68 (voir Dossier, p. 242).

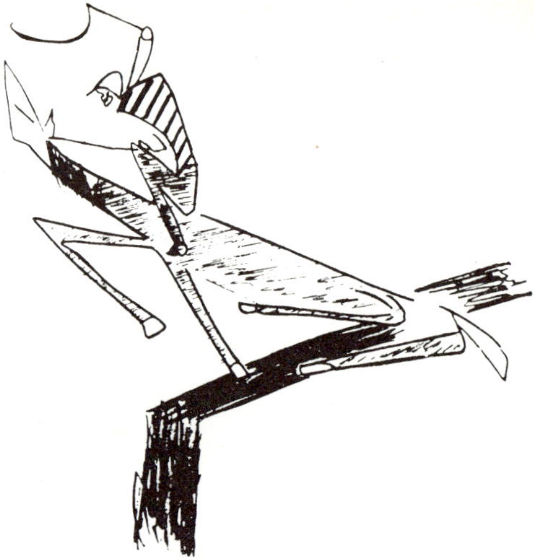

Dessin de Franz Kafka. Archives Klaus Wagenbach, Berlin.

Wassily Kandinsky : *Paysage romantique.* Städtische Galerie im Lenbachhaus, Munich. Ph. du Musée © A.D.A.G.P., 1991.

« Rien, quand on y réfléchit, ne peut inciter à vouloir être le premier dans une course de chevaux. »

discontinu, de la coupure et de la dispersion. En ce sens, *Regard* est plus intéressant et plus riche que *La Métamorphose*, trop évidente dans la continuité de son déroulement pour satisfaire Kafka. S'il était mécontent de la fin de cette nouvelle, c'est aussi que toute fin est décevante. Kafka a noté en son *Journal* « les difficultés [et non " ses " difficultés seulement] qu'il y a à achever un texte, même court[1] ». Dans *Regard*, par la co-présence des fragments, il expérimente une structure ouverte dont il ne cessera dès lors, dans ses recueils publiés comme dans ses projets de romans, d'explorer les possibles.

1. J., 28 décembre 1911, O.C. III, p. 204.

La « Lettre de Lord Chandos » (déjà évoquée à propos des deux « Conversations ») était une interrogation sur la possibilité ou non de percevoir et d'exprimer la « grande unité » de l'existence : Hofmannsthal-Chandos en pressentait la réalité, souffrait de ne la percevoir que trop rarement, et finalement renonça à la représenter[2]. *Regard* constitue une réponse à cette même interrogation.

2. Voir Dossier, p. 220.

Avec ce recueil, Kafka se relie aux préoccupations d'un temps mais apparaît aussi comme un précurseur de tant d'écrivains contemporains qui cultivent, selon la formule de René Char, des « paroles en archipel ». *Regard* valait assurément d'être enfin remembré sous nos yeux.

V "VACARME"

Ce texte a paru dans une revue mensuelle de Prague, *Herder Blätter*, en octobre 1912. Il avait été composé près d'un an plus tôt, très exactement le 5 novembre 1911 (il figure à cette date dans le *Journal* de Kafka). Entre ces deux dates, Kafka a continué d'écrire, certes avec des éclipses, il a voyagé, il a mis au point puis envoyé à un éditeur le manuscrit de ce qui sera son premier livre, *Regard*. Surtout, il a rencontré Felice, lui a écrit une première lettre, et dans la nuit du 22 au 23 septembre, il a écrit *Le Verdict*...

Paru une seule fois du vivant de Kafka, en revue, jamais repris par lui dans un ouvrage, perdu désormais au milieu des « Récits et fragments narratifs » du deuxième volume des *Œuvres complètes*, la plupart posthumes, ce texte aurait très bien pu demeurer inaperçu[1]. Ce fragment apparemment si modeste, simplement descriptif — c'est du moins ce qu'il semble —, vaut pourtant qu'on s'y intéresse à l'égal des plus grands textes.

Il n'est pas difficile de rendre compte des circonstances dans lesquelles « Vacarme » a été composé : les références à la mauvaise isolation sonore de l'appartement familial, à l'inefficacité des portes, abondent dans le *Journal* de Kafka. Par contre, les raisons qui l'ont amené à publier ce texte, isolément et non pas avec les autres textes de *Regard*, sont moins évidentes et partant

1. Bernard Pingaud pourtant s'en est souvenu dans son *Adieu Kafka*, Gallimard, 1989 (voir Dossier, p. 239).

plus intéressantes à étudier, dans leurs rapports avec la situation de Kafka à l'automne 1912. D'autant que « Vacarme » occupe une place à part dans l'ensemble des textes publiés par lui : c'est un des très rares cas où un écrit strictement autobiographique n'ait pas été profondément remanié pour l'édition. Les différences sont en effet infimes entre le texte du *Journal* et le texte finalement imprimé.

Au contraire « La Promenade inopinée », texte composé deux mois après « Vacarme », le 5 janvier 1912, et qu'on trouve lui aussi dans le *Journal* de Kafka, avait été d'emblée conçu comme un récit littéraire, c'est essentiellement une longue phrase : l'écrivain y joue de l'accumulation de structures parallèles en anaphore qui font d'autant attendre la proposition principale. La réalité biographique ayant été d'emblée masquée par le caractère littéraire du texte, sa publication en l'état n'était donc pas problématique.

Rien de tel avec « Vacarme », ses phrases simples et brèves ou, quand elles sont plus longues, composées le plus souvent de propositions indépendantes, suites de notations juxtaposées, prises sur le vif, apparemment sans art : « Je suis assis dans une chambre [...] J'entends [...], j'entends encore [...] Mon père [...] Valli [...] On appuie sur la clenche [...] Mon père est parti [...] » (p. 61).

De plus, si, dans la version primitive de « La Promenade inopinée », un père et sa colère étaient évoqués, la mention en disparaît dans le texte remis à l'éditeur. Dans « Vacarme », à l'inverse, la dimension autobiographique s'affiche avec force, non seulement le père est trois fois nommé, mais la sœur cadette de Franz, Valerie, apparaît sous son prénom usuel, Valli.

La recherche d'un point d'équilibre à trouver entre une écriture artiste et l'expression directe de son vécu était au centre des préoccupations de Kafka à l'époque où il composait « Vacarme ». Ainsi, du texte qui finalement paraîtra dans *Regard* sous le titre « Le Malheur du célibataire » on connaît plusieurs versions[1] et celle qui fut imprimée a résulté d'un remaniement assez profond de tous ces brouillons : elle se caractérise d'abord par un parti pris d'impersonnalité (« Il semble que ce soit affreux d'être célibataire... »), par le choix d'une structure syntaxique expressive (ici encore, le texte est essentiellement composé d'une longue phrase). Dans un tel contexte, le caractère personnel de certaines notations est atténué, comme le fait que la chambre de Kafka « n'a que des portes de communication s'ouvrant sur les appartements des autres » (pp. 44-45).

1. Voir Dossier, p. 227.

C'est le même appartement plein de portes qu'évoquent « Le Malheur du célibataire », « La Promenade inopinée » et « Vacarme », textes composés approximativement à la même époque, mais dans ce seul dernier texte, à l'évidence, Kafka accepte qu'on le reconnaisse comme étant le sien : c'est de lui et de sa famille qu'il s'agit. Il n'est plus en quête d'une forme littéraire qui lui permette de se confier à son lecteur anonyme sans trop s'exposer personnellement, il propose aux Pragois rien de moins qu'une page de son *Journal*. Un tel acte revêt toute sa valeur quand on sait par exemple que même Max Brod, du vivant de Kafka, n'avait jamais eu connaissance du *Journal* de son ami.

Pourquoi donc Kafka a-t-il publié « Vacarme » sous cette forme, à cette date ? Manifestement sa situation au sein de sa famille est désormais pour lui absolument insupportable, et il ne lui suffit plus de rêver à des « promenades inopinées » pour se croire « sorti tout à fait de sa famille » et pour la laisser « s'abîmer dans le néant ». Certes, au moment même où Kafka composait « La Promenade inopinée », il n'y croyait pas non plus, ironisant sur cette fausse libération qui n'a que l'apparence d'une révolte mais au moins, jouer avec cette idée et la confier à son *Journal* pouvait rendre plus supportable la coexistence avec tous. Mais à la fin de 1912, la tension est devenue extrême.

« La haine contre mon père ». Quand Kafka l'avait reconnue en lui et notée dans son *Journal* (par exemple le 31 octobre 1911, soit quelques jours avant la rédaction de « Vacarme »), il l'avait aussitôt relativisée, au point de la considérer bientôt comme non fondée, ou du moins artificiellement amplifiée par lui seul. Il venait de se faire traiter de « mauvais fils », son père s'était livré à diverses agressions verbales contre ses amis Max Brod et Isak Löwy, propos que Kafka a consigné dans son *Journal*, mais c'était pour ajouter :

« Toutefois je n'aurais pas dû écrire cela parce que je l'ai fait en m'enfonçant positivement dans ma haine contre mon père, haine à laquelle il n'a cependant pas fourni de prétexte aujourd'hui ; cette haine, du moins en ce qui concerne Löwy, est disproportionnée aux propos que j'ai notés comme étant les siens, et elle augmente encore du fait que je ne peux plus me rappeler ce qu'il y avait de réellement méchant dans sa conduite d'hier[1]. »

1. J., 31 octobre 1911, O.C. III, p. 136.

Même autocritique le 5 novembre 1911, soit le jour même où il écrira « Vacarme » :

« Löwy. Mon père parlant de lui : " Qui couche avec les chiens attrape des puces. " Je n'ai pas pu me contenir et j'ai dit des paroles qui échappaient à mon contrôle. Là-dessus, mon père, particulièrement calme (à vrai dire au bout d'un long silence rempli par d'autres sentiments) : " Tu sais que les émotions me sont interdites et que je dois être ménagé. Et tu viens de me parler sur ce ton. J'ai vraiment assez d'émotions comme cela, largement assez. Je te conseille de m'épargner de tels propos. " Je dis : " Je m'efforce de me contenir ", et je sens chez mon père, comme toujours à ces moments de crise, l'existence d'une sagesse dont je ne puis saisir qu'un souffle[2]. »

2. J., 5 novembre 1911, O.C. III, p. 142.

Il y aura bien d'autres scènes pénibles entre eux, en rapport souvent avec l'usine d'amiante où tous deux ont des intérêts et où Kafka doit se rendre. Pendant longtemps la haine, comme le suicide d'ailleurs, fut plus une hypothèse, une tentation, qu'une réalité.

« Torture », « tourment » certes, mais ils n'interdisaient pas absolument d'écrire. De cette époque datent « La Promenade inopinée », « Le Malheur du célibataire », « Un filou démasqué », qui prendront place dans *Regard*. Kafka entreprend même une autobiographie, décide de « tenir ferme le *Journal* » car c'est le moyen « d'extirper son anxiété en la décrivant entièrement », telle en est la fonction, « ce n'est pas un besoin artistique ». Il est donc possible de survivre[1].

La tension va croître peu à peu de ce que Kafka, quelquefois, sent au fond de lui des « forces anciennes intactes » et a l'intuition d'une œuvre à naître. Ceci apparaît clairement dans cette notation du 26 mars 1912 :

« Surtout ne pas surestimer ce que j'ai écrit, cela me fermerait l'accès de ce j'ai à écrire[2]. »

Autre résolution le 11 août, tout aussi positive, où il se dit capable « de ne pas plonger dans le vrai que par le bout des doigts ».

Cette œuvre dont il pressent la possibilité, ce sera *Le Verdict*. Mais celle-ci ne vient pas, d'où l'extrême tension de cet automne 1912, d'autant que Felice Bauer est entrée dans sa vie (première rencontre le 13 août, première lettre expédiée le 20 septembre). Autre source de tension, son premier livre *Regard* est en cours de fabrication ; Kafka est de plus en plus un écrivain, objectivement il en a désormais le statut.

1. J., 25 février 1912 et 9 décembre 1911, O.C. III, p. 177 et 232.

2. J., 26 mars 1912, O.C. III, p. 252.

Comment dans ces conditions nouvelles supporter les bruits divers de l'appartement familial ? En évoquer à mots couverts l'atmosphère comme dans les textes qu'il publie, ou confier sa souffrance à son *Journal*, ne sont plus suffisants. Il faut un châtiment exemplaire, public, à la mesure de l'œuvre à naître dont Kafka est frustré.

Tel est le verdict, Kafka est très clair sur ce point dans la lettre qui accompagne son envoi de « Vacarme » à Felice :

« Non je ne vis pas tout à fait à l'écart de ma famille. A preuve la description que vous trouverez ci-jointe de la situation acoustique de notre appartement, description qui, pour le châtiment public et peu douloureux de ma famille, vient de paraître dans une petite revue de Prague[1]. »

« Vacarme », pour paraître en octobre, a dû être adressé au plus tard en septembre à la revue pragoise *Herder Blätter*, très vraisemblablement juste avant la rédaction du *Verdict* (nuit du 22 au 23 septembre) : le châtiment qui, dans la nouvelle, frappe le fils Georg Bendemann n'est pas sans rapport avec l'acte de révolte qu'a constitué la mise sur la place publique par Kafka de la situation qui était la sienne du fait de ce père monstrueux autour duquel tout gravite quand il est chez lui, violent et sans gêne, traumatisant au point que même son départ « ne laisse plus aucune place à l'espoir ». Il enfonce les portes qui étaient censées protéger l'intimité de son fils, celui-ci se venge en faisant entrer toute la ville dans son appartement.

1. L. à F.B., 11 novembre 1912, O.C. IV, p. 51.

Le Verdict qui se termine sur la condamnation à mort du fils par son père et sa mort effective peut apparaître comme la suite naturelle de cette révolte qu'a constituée la décision de mettre sur la place publique, sans fards, la misère morale à laquelle Hermann Kafka vouait ses enfants dans ce huis clos de leur appartement de la Niklasstraße. Ce contexte, non celui de la rédaction, en novembre 1911, mais celui de la publication de « Vacarme » à l'automne 1912, donne à ce texte une intensité insoupçonnée.

« Tu étais au fond un enfant innocent », dit le père du *Verdict* à son fils, « mais, encore plus au fond, un être diabolique ». Dans le combat qui oppose Franz Kafka à son père, le fils est certes une victime innocente de ce père abusif, mais sa vengeance, à savoir, la publicité donnée à ce conflit, ce « châtiment public », n'en a pas moins quelque chose de « diabolique », car il agresse Hermann Kafka dans sa ville même, où il est tellement soucieux de sa respectabilité. Le simple fait de se présenter « faisant traîner sa robe de chambre » dans son appartement est nuisible à son image de grand commerçant aisé sur la place de Prague. Les portes de la chambre de son fils ne le protégeaient plus, ni du bruit, ni des irruptions, la porte extérieure de l'appartement ne protégera pas le père du regard des étrangers sur son intimité.

Replacé dans la continuité des œuvres publiées par Kafka, l'appartement apparaît ici d'autant plus clairement comme un cachot (personne n'en sort, sauf le détenteur de l'autorité) : n'entend-on pas surtout des bruits de portes dans une prison ? Pas de fenêtres ici, alors qu'au moins, dans plusieurs textes de *Regard*, il était possible par elles de se relier au monde des vivants.

Quand on rapproche « Vacarme » des œuvres qu'il compose en cette fin 1912, on perçoit comme la sortie de l'appartement préoccupe Kafka : dans *Le Verdict*, Georg Bendemann n'en sortira que pour aller se jeter dans le fleuve, et le héros de *La Métamorphose* mourra avant d'en être sorti par la femme de ménage. Ici seul le père entre et sort, personne apparemment ne bénéficie d'un droit de visiter les enfants. Dans l'appartement des Kafka, les visites de Brod ou de Löwy étaient mal supportées par le père, et dans *Le Verdict*, les visites de l'ami de Russie ont été plusieurs fois cachées.

Aucune fiancée en particulier ne pourra littéralement entrer dans la famille : dans « Vacarme » déjà s'opposent discrètement le monde extérieur auquel Franz Kafka n'a pas accès, où s'entendent des voix de femmes, et sa chambre où pénètre un moment son père qui seul jouit du droit de passer d'un espace à un autre. Quand il quitte l'appartement, une phrase semble confirmer une partition du monde qui met le monde des femmes hors de portée du fils :

« On appuie sur la clenche de la porte d'entrée qui grince comme une gorge enrouée, puis continue à s'ouvrir en chantant un bref moment *comme une voix de femme*, puis se ferme brusquement avec un choc sourd *et viril*, qu'on éprouve comme le bruit le plus agressif. Mon père est parti[1]. »

Quant aux femmes qui demeurent dans l'appartement, les sœurs et leur bonne[2], elles ne laissent bien sûr « aucune place à l'espoir ». Entrebâiller la porte, ce qui est envisagé depuis longtemps mais jamais réalisé, serait déjà diabolique : le serpent « qui se glisse dans la pièce d'à côté et en rampant sur le sol » est trop fortement connoté dans la culture judéo-chrétienne pour qu'on insiste sur ce qu'il apporte de trouble à cette fin de texte. La métamorphose de Gregor Samsa en insecte, à côté de celle-ci, apparaît bien innocente.

« Il n'y a que mon père et moi qui nous haïssons vaillamment », écrit Kafka à Felice en guise de commentaire à « Vacarme ». Quand il écrira *Le Verdict*, entre le moment où « Vacarme » a été adressé à la revue et celui où le texte paraîtra, il sera amené à explorer, non pas en une page mais dans un texte d'une certaine ampleur, le mystère de cette haine entre eux. La rédaction du *Verdict* avait été souvent, avec raison, rapprochée de cet autre événement dans la vie de Kafka : l'envoi de sa première lettre à Felice. La publication de « Vacarme » n'en est pas non plus absolument indépendante.

1. P. 61, souligné par nous.

2. *Le Soutier* racontera ce qu'il en coûte à un fils d'avoir un enfant de la bonne.

VI LE VERDICT

Il faut imaginer Kafka heureux. La rédaction du *Verdict* a été un moment de bonheur exceptionnel dans sa vie. « Tout au long de mon travail, j'ai été accompagné par de nombreux sentiments », écrit-il[1]. Le premier qu'il nomme est sa « joie d'avoir quelque chose de beau pour l'*Arkadia* », la revue que Max Brod s'apprête à lancer et où, de fait, le texte paraîtra au printemps de 1913.

Dans la nuit du 22 au 23 septembre 1912, Kafka a composé sa nouvelle. Au matin, il a à peine fini d'en écrire le dernier mot qu'il note :

« Ma terrible fatigue et ma joie, comment l'histoire se déroulait sous mes yeux, j'avançais en fendant les eaux. »

Et deux jours plus tard :

« Hier, lecture chez Baum [...] Vers la fin, ma main se promenait devant mon visage, dans un geste non contrôlé mais vrai. J'avais les larmes aux yeux. Le caractère indubitable de mon récit s'est trouvé confirmé[2]. »

Même bonheur intense au cours d'une autre lecture dans une soirée privée organisée en décembre par Willy Haas, et plaisir d'adresser à Felice le compte rendu qu'en fait paraître un critique berlinois :

« Et ce n'est pas n'importe qui, qui a écrit cela, mais Paul Wiegler. Le connais-tu ? Il a écrit quelques beaux livres et traduit plus joliment encore quelques livres français[3]. »

Cette « œuvre à venir » qu'il avait pres-

1. Cette longue notation du *Journal* est intégralement reproduite dans le Dossier, p. 232.

2. J., 25 septembre 1912, O.C. III, p. 295.

3. L. à F.B., 6 décembre 1912, O.C. IV, p. 130.

sentie à diverses reprises au cours de l'année 1912, il a su la composer, dans une sorte d'état second, d'où sa surprise quand, premier lecteur de son texte, il en découvre la beauté et la vérité.

Du geste de la main, il disait : « non contrôlé mais vrai ». De même, le texte tire son authenticité, pour partie, du fait que la rédaction n'en a pas été contrôlée. Kafka note (et il est sans doute un des premiers écrivains à se placer ainsi spontanément sous ce patronage) : « Souvenir de Freud naturellement. »

Dans *Le Verdict* apparaît à tout lecteur d'aujourd'hui ce que Kafka lui-même ne découvrit pas immédiatement, à savoir que c'est sa propre histoire qui s'y raconte, telle qu'elle va se dérouler bientôt : il n'épousera jamais Felice Bauer. Kafka en effet n'a pas d'abord lu ainsi son texte. Évoquant *Le Verdict* pour Felice, à qui sans lui en avoir d'abord demandé l'autorisation, il l'a dédié en clair (« Pour Mlle Felice B. »), il croit pouvoir affirmer :

« Autant que je puisse m'en rendre compte, du reste, l'histoire en son fond n'a pas le moindre rapport avec vous, sauf qu'une jeune fille qui y apparaît furtivement s'appelle Frieda Brandenfeld et a par conséquent en commun avec vous, mais je m'en suis aperçu plus tard, les initiales de son nom[1]. »

Mais Kafka fera bien d'autres découvertes. A l'occasion par exemple de la relecture des épreuves, quatre mois plus tard, diverses « associations prennent alors un

1. L. à F.B., 24 octobre 1912, O.C. IV, p. 14.

sens clair pour [lui] », qu'il note dans son *Journal* avec soin[1]. Ce qu'il découvre, c'est combien Felice et lui étaient impliqués dans son histoire (« ton histoire », avait-il très tôt écrit dans ses lettres, sans réaliser immédiatement la force du possessif).

1. Voir Dossier, p. 233.

Et encore ne voit-il pas tout : à certains égards il est lui-même assez désarmé devant son texte, s'attache au plus évident, par exemple aux initiales communes à Frieda Brandenfeld et Felice Bauer, on l'a vu, ou bien au nombre identique de lettres que comptent les prénoms Franz et Georg, ou au rapport sémantique entre « Feld » (champ) et « Bauer » (paysan), etc. Ou alors, il voit davantage mais ne dit pas toujours tout ce qu'il a vu. Près d'un an après la rédaction du texte, il confie enfin à son seul *Journal* ce commentaire à peine rédigé :

« Conclusions du *Verdict* appliquées à mon cas. C'est à elle que je dois d'avoir écrit l'histoire, mais Georg est perdu à cause de sa fiancée[2]. »

2. J., 14 août 1913, O.C. III, p. 305.

« Elle » bien sûr, c'est Felice. Le mot « Urteil » (verdict, jugement) apparaissait d'ailleurs à la fin d'un des tout premiers passages où, dans son *Journal*, il évoquait pour la première fois sa première rencontre avec Felice :

« En m'asseyant, je la regardai attentivement pour la première fois, une fois assis, j'avais déjà sur elle un jugement inébranlable[3]. »

3. J., 20 août 1912, O.C. III, p. 288.

On aurait tort de comprendre ici le mot « jugement » comme un synonyme d'« opinion ».

Chronologiquement, l'envoi de la première lettre à Felice, le 20 septembre 1912, précède de trop peu la rédaction du *Verdict* pour ne pas apparaître comme le premier acte d'une cour qui devait aboutir — et de fait aboutira — aux fiançailles. Le « jugement » dans sa soudaineté pourrait à la rigueur sembler irréfléchi mais l'envoi de la première lettre, plus d'un mois plus tard, résulte à l'évidence d'une décision mûrement pesée, consciente. En ce sens, *Le Verdict* est un cri de révolte de tout son être contre l'idée du mariage.

L'œuvre est d'autant plus authentique qu'elle lui échappe en partie : Kafka qui a si souvent écrit sur les célibataires et leur malheur veut manifestement le mariage. Or cette histoire qu'il a écrite presque malgré lui (il a dit un jour avoir eu d'abord l'idée d'écrire tout autre chose) lui en révèle l'impossibilité, ce que l'avenir confirmera puisque aucun des projets de mariage, avec Felice (deux fiançailles, en avril 1914 et en juillet 1917), puis avec Julia Wohryzeck (au printemps 1919) n'aboutira.

Pourquoi ? Le texte le dit clairement : en son début, il n'y est question que de lettres à écrire et, pour annoncer des fiançailles, du choix des termes les plus acceptables par le correspondant lointain. Écrire n'est possible qu'après avoir fait choix du mensonge : la lettre invite l'ami au mariage et en même temps fait sentir qu'on ne souhaite pas sa venue. Le moindre mot résulte d'un calcul, la suprême hypocrisie consistant à masquer les raisons qu'on a de rompre avec cet ami par des efforts apparents pour le ménager, accompagnés de protestations de « sincérité », comme souvent chez les faux amis.

Les raisons de rompre sont pourtant simples mais assez peu avouables : l'ami « s'est manifestement fourvoyé ». Toute relation vraie est désormais, « par la force des choses », impossible, à moins de tricher, ce que l'écrit permet apparemment plus aisément que des conversations. Le texte en propose l'illustration : Georg et son père vont se dévoiler l'un à l'autre car aucun ne peut se dérober aux questions ni surtout au regard de l'autre. Au contraire, il est possible, quand on écrit, si l'on sait éviter toute « nouvelle sérieuse » dans ses « petites lettres mensongères », de faire durer trois ans une correspondance complètement artificielle, à grand renfort de développements sur des « incidents insignifiants ».

Mais le risque est grand d'annoncer trois fois « dans des lettres assez éloignées l'une de l'autre » des informations imaginaires ou indifférentes, par exemple « les fiançailles d'un quelconque jeune homme avec une aussi quelconque jeune fille », et d'amener ainsi le destinataire à s'y intéresser, « ce qui n'était pas du tout dans l'intention de Georg », d'où des soupçons qui, pour naître, n'avaient nullement besoin que le père s'en mêle. Georg est bien proche ici d'être un autre « filou démasqué ».

La lettre de Georg annonçant ses fiançailles est cachetée puis mise dans une poche. Très symptomatiquement, elle ne sera pas expédiée. Bientôt il n'en sera même plus question entre le père et le fils : le texte de Kafka, tel qu'il se développe, montre clairement qu'une page a été tournée, que les fiançailles et le mariage, s'ils ont lieu, vont marquer la fin du temps de l'écriture.

Les textes de Kafka sont innombrables qui opposent l'écriture à la vie de famille, notamment ce texte de 1914 que les éditeurs ont intitulé « Tentation au village », composé à une époque où le mariage est devenu une échéance — pour ne pas dire une menace — proche. On y voit un voyageur qui, après avoir été mal reçu par les habitants d'un village, notamment à l'auberge, est mystérieusement guidé jusqu'à une femme aperçue dans la nuit, installée pour écrire, dans une pièce illuminée de sa ferme, au calme, au milieu d'enfants attentifs à ne pas rompre le charme... Mais la vision idéale s'interrompt (le texte est inachevé), vouant sans doute le voyageur à rentrer à l'auberge. Le commentaire de Claude David explicite ce qui vraisemblablement est en jeu dans ce texte :

« Il n'est pas douteux que le récit est en étroite relation avec la situation dans laquelle Kafka se trouve à ce moment-là à quelques mois de son probable mariage. Il est seulement impossible de préciser — et cette ambiguïté n'est pas dénuée de sens pour comprendre Kafka — si le mariage se confond avec l'auberge sordide (c'est le plus probable) ou avec la ferme[1]. »

En fait, la réalité que suggère *Le Verdict* est plus complexe dans la mesure où c'est

1. O.C. II, pp. 947-948 (pp. 277-286 pour le texte).

justement de cette tension que l'œuvre procède. Heinz Politzer souligne bien ce paradoxe :

« Il est tout à fait possible d'admettre que Kafka a écrit *Le Verdict* pour s'accuser d'avoir failli à son ascèse pour cause de mariage, ou, du moins, de fiançailles [...] Mais, tandis qu'il s'accusait d'avoir mis en jeu son avenir littéraire par ses projets de mariage, il découvrait dans cette auto-accusation des possibilités insoupçonnées de création littéraire [...] Pendant qu'il réclamait des comptes au célibataire coupable d'avoir failli à sa pureté, il remarquait à son vif étonnement que les aptitudes littéraires du même célibataire s'étaient développées le plus heureusement du monde[1]. »

Il faudrait citer toute cette page :

« Cette crise lui permit de s'évader du style pointilliste de ses premières œuvres et de produire pour la première fois un récit suivi dans un langage cohérent. Il comprit qu'il lui était possible de tirer de sa situation particulière des figures littéraires qui dépassaient l'expérience personnelle, l'autobiographie. »

Marthe Robert de même écrira du *Verdict* :

« Son style, s'éloignant radicalement de l'expressionnisme lyrique qui s'épanche encore dans les œuvres du début, est celui de la maturité, et sa perfection, sa transparence, sa simplicité sont déjà le résultat du réalisme rigoureux, auquel, malgré les apparences, Kafka ne cessera jamais de tendre[2]. »

1. *Franz Kafka, Parable and Paradox*, 1962 (traduit en allemand en 1965 sous le titre *Kafka, der Künstler*), cité ici dans la traduction de Claudine Raboin, *Les Critiques de notre temps et Kafka*, Garnier, 1973, pp. 62-63.

2. *Kafka*, coll. Pour une bibliothèque idéale, n° 4, 1960, p. 165.

La distance en effet est immense entre *Le Verdict* et les fragments de *Regard*, et le contraste saisissant, sur la question du rapport à l'autobiographie, avec « Vacarme » dont la publication est exactement contemporaine de la rédaction du *Verdict*. Kafka fut immédiatement conscient des conséquences bénéfiques de cette crise de 1912 pour son art, elle l'a révélé à lui-même :

« Tout peut être dit, toutes les idées, si insolites soient-elles, sont attendues par un grand feu dans lequel elles s'anéantissent et renaissent [...] Ma certitude est confirmée, quand je travaille à mon roman [*L'Oublié*], je me trouve dans les bas-fonds honteux de la littérature. *Ce n'est qu'ainsi* qu'on peut écrire, avec cette continuité, avec une ouverture aussi totale de l'âme et du corps[1]. »

1. J., 23 septembre 1912, O.C. III, p. 295 (souligné par Kafka). Voir Dossier, p. 232.

De fait, *Le Verdict*, dont jamais il ne contestera la valeur — ce qui est exceptionnel —, tient une place à part dans sa production, plus que *La Métamorphose* qu'il n'aimait pas : c'est un autre paradoxe que d'observer que pourtant, en France notamment, Kafka est plus connu comme étant l'auteur de cette œuvre-ci.

On n'épuise pas la richesse du *Verdict*. Les « interprétations » sont innombrables, ingénieuses et souvent vraisemblables à défaut d'être indubitables.

Séduisante apparemment celle de E.R. Steinberg qui, partant du fait que le texte a été écrit au lendemain du Yom Kippur, la fête juive du Grand Pardon, fonde la condamnation du fils par le père sur le fait que Georg aurait abandonné la foi et la tradition juive[1]. Mais Kafka lui-même était-il, du moins en 1911-1912, tellement intéressé par le Judaïsme ? C'est le mode de vie d'Isak Löwy et des juifs orientaux qui le fascinait alors plutôt que les fondements de leur mystique. L'interprétation est d'autant moins convaincante que les parents de Kafka étaient tout à fait détachés des pratiques juives. Il n'empêche que certains détails du texte, notamment des allusions aux pogroms qui semblent menacer « l'ami de Russie », n'excluent pas absolument une telle lecture.

1. E. R. Steinberg, « The Judgment in Kafka's *The Judgment* », *Modern French Studies*, 1962, pp. 23-30 (thèse reprise par B. Nagel, *Franz Kafka. Aspekte zur Interpretation und Wertung*, 1974, pp. 179 et suiv.).

Plus surprenantes sont les interprétations allégoriques qui assimilent *Le Verdict* à une méditation chrétienne sur la grâce, répétant en l'occurrence ce que Max Brod a écrit du *Château*[2]. Certes, l'exclamation « Jésus » se rencontre dans le texte, et le père a deux fois « renié » l'ami de Russie (qui est pourtant « un fils selon son cœur »), ce qui n'est pas sans rappeler Pierre reniant Jésus (mais trois ne sont pas deux). Jusqu'aux « immenses pupilles », redoutées par le fils, qui peuvent rappeler l'œil qui, dans la tombe, rappelait Caïn aux devoirs de sa conscience. On pourrait ajouter que ce père omniscient et longtemps silencieux, attentif à tout ce qui se passe en sa maison, avant de prononcer son premier et dernier jugement explicite et de vouer son fils à la mort, est une sorte de « Dieu caché » dans l'ombre de l'appartement, attendant son heure pour révéler sa puissance. Herbert Tauber en 1941 et Ingo Seidler en 1971

2. Postface de M. Brod au *Château* (1926), coll. Folio, p. 518.

sont allés très loin dans ce sens, mais sans contester la « multivalence » de chaque détail du texte[1].

Ne vaut-il pas mieux se borner à observer que, par-delà l'anecdote individuelle, et sans considération des clivages religieux, ce texte, qui illustre le surgissement à la lumière d'une vérité enfouie dans l'inconscient, prend rang dans la longue suite des mythes universels. Kafka a lui-même nommé Freud comme une de ses sources principales, et de fait il est aisé de reconnaître dans *Le Verdict* la figure classique d'un « père castrateur » :

« Accroche-toi au bras de ta fiancée et viens à ma rencontre ! Je la balayerai d'un revers de main, comme tu n'en as pas idée ! » (p. 76).

Le « meurtre du père » est clairement inscrit dans le texte :

« " Maintenant, il va se pencher, pensa Georg, s'il allait tomber et se fracasser le crâne ! " Ces mots lui sifflèrent à travers la tête » (p. 76).

Le geste de « recouvrir » le père est de même très clair dans ce contexte. En répétant le mot, le père tend un piège à son fils pour l'amener à dévoiler sa tentation parricide :

« Tu voulais me couvrir, je le sais bien, mon lardon, mais je ne suis pas encore entièrement recouvert » (p. 73).

Bien d'autres sentiments inavouables affluent dans le texte, comme la rivalité du fils et du père qu'exacerbe la perspective de l'entrée sous le toit commun d'une jeune

1. H. Tauber, *Franz Kafka. Eine Deutung seiner Werke*, 1941, p. 25 ; I. Seidler, « *Das Urteil* : Freud natürlich ? », *Psychologie in der Literaturwissenschaft*, 1971, pp. 174-190.

fille (d'où l'importance de ce passage où Georg offre son propre lit à son père, « provisoirement »), ou bien l'assimilation de la sexualité des enfants au vice et à la bestialité par opposition à l'amour exclusif qu'un fils devrait avoir pour sa mère :

« " C'est parce qu'elle [Frieda] a retroussé ses jupes ", commença le père d'une voix flûtée, " parce qu'elle a retroussé ses jupes comme ça, cette horrible dinde ", et, pour imiter le mouvement, il souleva sa chemise si haut qu'on aperçut sur sa cuisse la cicatrice qui datait de ses années de guerre, " c'est parce qu'elle a retroussé ses jupes comme ça et comme ça et comme ça, que tu t'es jeté sur elle et pour pouvoir te satisfaire avec elle sans te gêner, tu as souillé le souvenir de ta mère, trahi ton ami et mis ton père au lit pour qu'il ne puisse plus bouger " » (pp. 74-75).

Indiscutablement, ce père est « monstrueux » par ce qu'il dit et a quelque chose de « diabolique » par son aptitude à se métamorphoser : vieillard prostré, il se mue en un clin d'œil en homme doué d'une énergie physique insoupçonnée. Il s'était tu pendant des années et voilà qu'il n'arrête pas de traquer la vérité par ses paroles ; il était presque aveugle et son regard soudain est insupportable de lucidité ; il ne lui restait plus qu'à mourir, et c'est lui qui voue son fils à la mort par des paroles définitives.

Plusieurs critiques n'ont pas admis que le fils accepte la condamnation paternelle au lieu de se révolter. Tel aurait préféré voir le père, à la fin de son algarade, tomber du lit et se fracasser la tête sur le sol, tel autre ne comprend pas que Georg obéisse à ce père faible d'esprit et aille se jeter à l'eau[1]. Claude-Edmonde Magny l'admet d'autant moins qu'elle croit que le père Bendemann a complètement perdu la raison, ce qui amène à imaginer une fin aussi absurde qu'étaient, selon elle, les paroles du père[2].

Absurde *Le Verdict* ? Il faut admettre la nouvelle telle que Kafka l'a sinon voulue, du moins écrite. Le texte multiplie les signes de la mauvaise conscience du fils, son malaise quand il est face à son père est assez évident. Le verdict qui le frappe est juste : c'est le père qui a raison, l'innocence du fils n'est qu'apparente.

Il y a eu trop de silence entre le père et le fils, et trop de négligences, pour que les complaisances de ce dernier, quand il tente *in extremis* de se rapprocher de son père, puissent être agréées. Lui demander son avis sur une lettre à son ami lointain, solliciter son assentiment à un mariage qui est déjà décidé, se montrer en fils soumis, tout respire l'hypocrisie quand, depuis longtemps, on s'est passé de tout avis, qu'on a supplanté son père dans son magasin et qu'on l'a laissé croupir dans sa chambre malpropre.

Nous connaissons les pensées du fils Bendemann : celui-ci reconnaît, quand il se rend dans la chambre de son père, ne pas y être allé « depuis plusieurs mois », avoir oublié comme cette chambre était obscure, même par temps de soleil, ce qui est

1. Georg Küffer, dans *Der Bund* de Berne, 4 mars 1917, et Kurt Pinthus, dans *Zeitschrift für Bücherfreunde*, février-mars 1918.

2. *Essai sur les limites de la littérature. Les Sandales d'Empédocle*, Payot, 1967, p. 169.

d'autant plus grave que la vue de son père était défectueuse. Il savait tout cela. Il se fait à lui-même des reproches au sujet du linge de son père :

« En apercevant ce linge d'une propreté douteuse, il se reprocha sa négligence. Il eût été certainement de son devoir de veiller à la lessive du linge paternel » (p. 72).

Il avoue à haute voix avoir transgressé un interdit paternel :

« Il y aura bientôt trois ans de cela, mon ami était venu nous rendre visite. Je me rappelle que tu ne l'appréciais pas beaucoup. Je t'ai au moins deux fois dissimulé sa présence, alors qu'il était dans ma chambre. Je pouvais fort bien comprendre ton antipathie envers lui, il a ses bizarreries » (p. 72).

En d'autres termes, l'antipathie du père était fondée et l'hypocrisie du fils injustifiable. Certes le châtiment final est disproportionné (la mort pour avoir caché à ses parents la présence d'un garçon dans sa chambre !), mais qui pourrait assurer que la mort de la mère, survenue « à peu près » il y a deux ans (c'est-à-dire un an après l'époque des visites de l'ami), est sans rapport avec ces visites secrètes ? Il y a tant de non-dit dans cette histoire (de quoi est morte la mère ?) alors que, par ailleurs, la chambre et les lits y tiennent tant de place, qu'un soupçon d'homosexualité plane sur toute l'histoire. Ce serait une des explications de l'exil lointain de l'ami, en plus de l'explication officielle dont le texte fait état[1]. De même, dans *Le Soutier* (pp. 149 et 175), le

1. « Insatisfait de sa situation au pays », p. 63.

départ de Karl Rossmann pour l'Amérique a pour origine une liaison, hétérosexuelle cette fois, jugée scandaleuse par la famille (le fils de la maison a séduit la bonne, ou a été séduit par elle). Explication aussi du fait que cet ami s'achemine « vers un célibat définitif ». L'hypothèse donne un singulier relief à la remarque de la fiancée :

« Si tu as des amis de cette espèce, Georg, tu aurais mieux fait de ne pas te fiancer du tout. »

Quoi qu'il en soit de cette hypothèse, force est de constater l'adhésion de Georg Bendemann au verdict qui le frappe, d'où sa mort volontaire par laquelle il semble vouloir racheter ses fautes anciennes aux yeux d'un père qu'il veut convaincre de son amour. La faute est sienne, son père l'aimait (« Tu crois peut-être que je t'ai pas aimé, moi qui t'ai fait », p. 75), c'est lui-même, le fils, qui est responsable de l'échec de ses relations avec son père, avec l'ami de Russie hier, avec sa fiancée demain.

La correspondance de Kafka et son *Journal* sont très clairs sur ce point : c'est en lui-même que réside l'impossibilité de mener à leur terme les fiançailles évoquées dans le texte qu'il compose et inscrites à l'horizon des relations qu'il inaugure en septembre 1912 avec Felice Bauer. Son père Hermann Kafka, ou le père de Georg Bendemann, son double, quelles que soient les apparences, y sont-ils pour grand-chose ?

Est-ce vraiment leur faute si leur grand fils en est encore à ruser avec ses amours et amitiés, et avec ses parents, au lieu de s'affirmer à son tour ? Et si les pères, apparemment si hostiles et brutaux, attendaient seulement que leur fils se révèle à leurs yeux ? Dans un de ses rêves, Kafka s'est ainsi vu rivaliser d'ardeur avec son père (il s'agissait de gravir une paroi difficile), parvenir à le rejoindre et, l'obstacle franchi, le défi relevé, en toucher la récompense :

« Quand je fus arrivé en haut, mon père, qui sortait déjà de l'intérieur du bâtiment, me sauta au cou, m'embrassa et me serra contre lui[1]. »

Mais dans la réalité, le fils Kafka ne pourra progresser sur les traces de son père, il lui faudrait être doué d'une vitalité physique et d'une carrure qu'il n'a pas. Sur l'amour, le mariage et les enfants que lui aussi pourrait avoir, il a dans son *Journal*, juste après avoir affirmé que les « Conclusions du *Verdict* » s'appliquent à son cas, cette phrase explicite :

« Le coït considéré comme le châtiment du bonheur d'être ensemble[2]. »

Pour Kafka, amour et désir ne vont pas de pair, d'aucuns déjà l'ont remarqué, d'où ses visites chez les « geishas » avec ou sans Max Brod, car la jouissance n'est pas possible selon lui sans une part d'abjection[3]. On voit le problème qui se pose à lui du jour où il envisage le mariage et qu'il s'est convaincu d'aimer effectivement Felice. Il lui fera bientôt l'aveu de son impuissance à lui donner des enfants, à mots couverts d'abord, puis de plus en plus clairement. En avril 1913, plus de six mois après le

1. J., 6 mai 1912, O.C. III, p. 255.

2. J., 14 août 1913, O.C. III, p. 305.

3. « L'épreuve de l'abjection ouvre la voie à la jouissance », Jacques Morissette, « Tragique destin de Joseph K... », *Liberté* n° 149 (Montréal), octobre 1983, p. 101.

début de leur correspondance, dans une des lettres les plus brèves qu'il ait jamais adressées à Felice, il écrira enfin :

« Le vrai objet de ma peur — on ne peut rien dire ni même entendre de pis —, c'est que je ne pourrai jamais te posséder. Que dans le meilleur des cas, je devrai me contenter, tel un chien éperdument fidèle, de baiser la main que tu m'abandonneras distraitement[1]. »

Tel est son « grand aveu », aveu qui lui fait souffrir le martyre, ainsi qu'il le confie aussitôt à Max Brod[2]. Que le père de Kafka soit pour beaucoup dans le malheur de son fils est évident, y compris dans ses problèmes sexuels, et en ce sens Hermann Kafka fut bien un « père castrateur », car la violence, la grossièreté, l'égoïsme du personnage sont indubitables. Mais, ainsi que l'a écrit Claude David, « les privations et la misère de l'enfance ne sont pas des raisons suffisantes — elles auraient pu provoquer des effets exactement contraires[3]. »

« Les violences, les colères, les injures de Hermann Kafka sont entrées désormais dans l'histoire littéraire », écrit-il encore, grâce notamment à la « Lettre à son père » qui n'en laisse rien ignorer[4]. Mais Kafka lui-même a confessé qu'elle contenait de nombreuses ruses d'avocat : le père y est peut-être d'autant plus accusé que le fils entend ainsi se disculper. *Le Verdict*, dans cette perspective, composé sept ans avant la « Lettre à son père » (fin 1919), disait ou suggérait déjà tout cela.

Walter H. Sokel[5] a consacré un long pas-

1. L. à F.B., 1er avril 1913, O.C. IV, p. 352.

2. L. à M. Brod, 3 avril 1913, O.C. III, p. 709.

3. Dans sa biographie de Franz Kafka, Fayard, 1989, p. 32 (p. 33 pour la citation suivante).

4. O.C. IV, pp. 833-881.

5. W. H. Sokel, *Franz Kafka. Tragik und Ironie*, 1964, pp. 44-76.

sage de son livre sur Kafka aux aspects psychologiques du *Verdict* qui se prête à merveille à une telle analyse, bien plus qu'à une interprétation sociologique, encore que les considérations économiques et l'idée de la communauté des intérêts du père et du fils n'y manquent pas. *Le Verdict* est en effet une extraordinaire expérience de la confusion des sentiments qui, ici comme dans les mythes, qu'ils soient ethno-religieux ou littéraires, révèlent qu'amour et haine ne sont pas antinomiques.

Ce fils qui hait ou croit haïr son père est bien forcé d'avouer son admiration et son amour pour lui quand ce dernier rayonne d'intelligence ou lui apparaît « comme un géant ». « Chers parents, je vous ai pourtant toujours aimés », murmure-t-il doucement juste avant de mourir et cette mort volontaire, comme celle de Phèdre au dernier acte de la tragédie, authentifie son cri d'amour.

Tel est « le cours de la nature », le père là encore avait raison de l'évoquer, et Kafka lui-même, relisant son texte quatre mois après sa rédaction, y découvre comme son père et lui appartiennent au même « cercle de sang » : il porte son père en lui ainsi qu'il le note alors[1].

1. Voir Dossier, p. 234.

« Freud natürlich » ? La réussite du *Verdict* tient pour beaucoup au fait que le texte, à chaque lecture et relecture, semble proposer une clef nouvelle en même temps que le secret. La multiplication de ces lectures a quelque chose d'enthousiasmant, tant la richesse du texte s'en trouve accrue, et de décevant à la fois, puisque le texte se dérobe indéfiniment. Mais n'est-ce pas là l'essentiel de l'art de Kafka ? Il n'est pas sûr du tout, de son propre aveu, que dans *La Métamorphose*, il ait atteint cette même densité dans la transparence et l'opacité, indissolubles.

VII LA MÉTAMORPHOSE

Au début était le Verbe.

« Qui couche avec des chiens attrape des puces. » En l'occurrence, les chiens seraient Isak Löwy et ses amis comédiens et comédiennes. Par le rappel de ce proverbe, Hermann Kafka faisait entendre une fois de plus qu'il n'appréciait pas le mode de vie ni les fréquentations de son fils. Celui-ci avait aussitôt protesté, par des paroles qui — il le note dans son *Journal* — avaient échappé à son contrôle[1]. C'était en novembre 1911. Tout porte à croire que Kafka père avait touché juste.

Le proverbe est le probable point de départ de *La Métamorphose* : Gregor Samsa n'est pas seulement assimilable à un parasite, il en est devenu un. Dans sa nouvelle, Kafka a pris son père au mot. La première métamorphose en fait est de l'ordre du langage, « un proverbe banal s'est inscrit dans la réalité et entraîne des effets mortels[2] ». Le texte est à rapporter d'abord à la haine que se vouent le père et le fils mais *La Métamorphose* participe aussi du combat de

1. J., 5 novembre 1911, O.C. III, p. 142.

2. Marthe Robert, « Kafka en France », propos recueilli par Henri Ronse et Roger Borderie, *Obliques*, 1973, p. 7.

Kafka pour une prose plus juste et plus vraie : ennemi de la métaphore, « l'une des choses qui me font désespérer de la littérature », écrit-il dans son *Journal*[1], « il lui retire sa nocivité en supprimant le " comme si " qui fonde l'analogie de Gregor et du parasite[2] ».

La riposte est « diabolique » comme aurait dit le père Bendemann : la métamorphose de Gregor Samsa en « un énorme cancrelat » résulte d'une métamorphose d'un mot en réalité, mais aussi du père en un dieu tout-puissant, capable d'agir sur le monde par le seul pouvoir de sa parole. Cela n'est apparemment grave que pour le fils, qui admet le verdict paternel, se reconnaît inférieur, va même au-delà de ce que sans doute son père pensait. Encore une fois, le père avait raison et a eu raison de son fils... Mais en même temps, le texte va être lu en public ou imprimé, lu par Kafka et signé de son nom, qui est aussi le nom du père. Kafka, le choucas en tchèque. Je suis peut-être un cancrelat, tu es une sorte de corbeau.

Quand le texte fut lu chez l'ami Brod, il paraît que tous les présents se sont « donné du bon temps [et ont] beaucoup ri[3] ». Rire nerveux tant l'histoire est horrible ? Ils ont peut-être ri aussi du bon tour joué à Hermann Kafka, pris au mot mais aussi pris au piège du mot par son fils.

1. J., 6 décembre 1921, O.C. III, p. 518.

2. Marthe Robert, *id.*

3. L. à F.B., 1er mars 1912, O.C. IV, p. 314.

Emblème commercial du père de Kafka : un choucas. Archives Klaus Wagenbach, Berlin.

La nouvelle semble elle-même figurer comment l'idée a pu en venir à la conscience de Kafka un an après s'être inscrite profondément en sa mémoire :

« Une pomme mollement lancée effleura le dos de Gregor, et glissa sans provoquer de dommages ; mais la suivante vint littéralement s'encastrer dans son dos » (p. 124).

Le père est expressément désigné comme l'auteur de l'agression dont ont résulté d'abord une « épouvantable souffrance », puis l'évanouissement du fils : « Il souffrit pendant plus d'un mois » de la blessure, demeura un peu handicapé. De la pomme, au-delà, il n'est plus guère question. Oubliée ? Même quand il ne peut plus bouger du tout, et qu'il éprouve « des douleurs sur tout le corps » (p. 142), Gregor ne fait pas clairement le rapport avec cette pomme maintenant pourrie, responsable croit-il, d'une « inflammation des parties environnantes » (c'est ce qu'il perçoit) alors qu'à l'évidence, elle a entraîné une infection généralisée.

La progression du mal en Kafka et en Gregor est comparable. La nouvelle est censée se dérouler de la fin d'un hiver au début du printemps de l'année suivante[1]. Un an sépare de même la parole paternelle (novembre 1911) et la rédaction de *La Métamorphose* (novembre 1912).

On peut donc oublier une ancienne agression, recouvrir une blessure de poussière, les dommages n'en progressent pas moins.

1. La date de la métamorphose n'est pas précisée. Le « temps maussade » et la pluie (p. 80) font penser au début ou à la fin d'un hiver. Puis Gregor a une idée de cadeau pour Noël suivant (p. 110), la fête passe (p. 137). La fin seule est précise, « fin mars » (p. 144). C. David penche pour un durée d'un an (O.C. II, p. 893), de la fin d'un hiver au début du printemps suivant. Hartmut Binder pense que le récit commence à l'automne, ce qui correspondrait à l'époque où Kafka écrit (*Kafka, Kommentar zu sämtlichen Erzählungen*, 1975, p. 153).

Au terme de la progression inaperçue de son mal, Gregor meurt et Kafka écrit sa nouvelle.

MÉTAMORPHOSES

Depuis le poème mythologique d'Ovide et *L'Ane d'or* d'Apulée, les métamorphoses abondent dans la littérature. Elles ont constitué, dira Fontenelle, « toute la physique des anciens temps[1] ». *La Belle et la Bête* aurait pu suggérer à Kafka un dénouement heureux, s'il ne s'était agi que de raconter une belle histoire : le prince devenu bête y redevient prince par la grâce de l'amour. Mais l'amour n'est pas précisément ce qui caractérise les rapports entre les êtres dans *La Métamorphose.* Kafka ne nomme nulle part ni Ovide, ni Apulée, ni Madame Leprince de Beaumont.

On a cherché et donc trouvé des analogies plus ou moins convaincantes chez Hoffmann, Gogol, Tolstoï, Swift, Sacher-Masoch, etc.[2] Dans son *Journal*, à l'époque où il fréquentait Isak Löwy et ses comédiens juifs, Kafka a longuement évoqué une pièce de théâtre, *L'Homme déchaîné* (*Der wilde Mensch*) de Jacob Gordin[3]. C'était un an avant de rédiger *La Métamorphose.* On a affirmé l'influence du théâtre yiddish sur Kafka en général et sur *La Métamorphose* en particulier[4]. Et *Le Pauvre Ménétrier* de Grillparzer (*Der arme Spielmann*) ? Kafka nomme aussi cette œuvre dans son *Journal*[5] mais le héros de

1. Fontenelle, *Histoire des Oracles*, 1686.

2. M. Spilka, « Kafka's Sources for the Metamorphosis », *Comparative Literature*, 1959, pp. 289-307.

3. J., O.C. III, 23 octobre 1911, pp. 121-125 ; octobre 1911, p. 132 ; 8 décembre 1911, p. 175.

4. E.T. Beck, *Kafka and the Yiddisch Theater. Its Impact on His Work*, 1971.

5. J., O.C. III, 9 août 1912, p. 285. Dans plusieurs lettres à Grete Bloch, en 1914, puis à Milena, en 1920, Kafka reviendra sur cette œuvre. H. Politzer a noté des ressemblances dans « Die Verwandlung des armen Spielmanns. Ein Grillparzer-Motiv bei Franz Kafka », *Grillparzer-Jahrbuch*, 1965, pp. 55-64.

Grillparzer rêve et se réfugie dans l'imaginaire, or il est clair, dès la première page de la nouvelle, que la métamorphose de Gregor en cancrelat, « au sortir de rêves agités [...] n'était pas un rêve ». Et Dostoïevski ? Encore un auteur admiré de Kafka qui l'évoque souvent, notamment pour *Les Frères Karamazov* et *Crime et Châtiment*[1]. Mais il ne nomme nulle part *Le Double* où l'on a cru voir une des « sources » possibles de *La Métamorphose.* Par-delà un certain nombre d'analogies, « cette histoire de folie de la persécution et de dédoublement de la personnalité qui tient constamment le lecteur en suspens entre le fantasme et la réalité, en multipliant à dessein énigmes et méprises, est essentiellement différente[2] ».

1. Voir dans M., p. 210, la note sur Dostoïevski et le dernier fragment de *Regard.*

2. C. David, O.C. II, p. 899.

Étudier ces rencontres peut être intéressant s'il ne s'agit pas tant de chercher des « sources » ni de souligner une « influence », toujours tellement hypothétiques, que de mettre en valeur l'originalité de Kafka par rapport à d'autres écrivains qu'a inspirés le mystère des métamorphoses. On peut donc dans cet esprit rapprocher *La Métamorphose* d'œuvres qui lui sont postérieures. Elles sont vraiment innombrables, même si on limite le champ d'études aux seules œuvres qui supposent le franchissement de la frontière entre l'homme et l'animal (à l'exclusion de celles qui mettent en jeu des robots, ou des statues, ou des végétaux, etc.). Limitée au cas de métamorphoses d'un être humain en animal (l'inverse aussi se rencontre, comme pour les cochons dans

Animal Farm de George Orwell ou la renarde du roman de Vercors, *Sylva*), limitée encore à une métamorphose physique évidente qui précède, accompagne, ou suit une transformation morale, la liste des œuvres à prendre en compte est immense dans tous les arts. Ionesco a écrit *Le Rhinocéros* pour le théâtre et Picasso a peint *Guernica* (en 1931 il avait aussi illustré Ovide). *Les Métamorphoses* est le titre d'une étude pour vingt-trois instruments à cordes de Richard Strauss (c'est même sa dernière œuvre). Et *La Mouche* au cinéma ?

L'idée première de la « petite histoire » de Kafka (c'est ainsi qu'il l'a plusieurs fois désignée) ne procède vraisemblablement d'aucun modèle : elle lui a bien plutôt été suggérée — involontairement — par son propre père et son origine est strictement privée. Par certains détails, elle peut rejoindre d'autres œuvres littéraires, c'est l'absence de telles rencontres, alors que l'idée est si répandue, qui au contraire serait troublante.

LA " TRANSCRIPTION " DE *LA MÉTAMORPHOSE*

Il n'est pas sûr pourtant que l'écrivain, quand il eut l'idée de son histoire, dans la nuit du 16 au 17 novembre 1912, se soit rappelé l'ancienne agression. Les termes que Kafka emploie pour évoquer le surgissement de cette idée montrent clairement, au contraire, une inspiration soudaine et immédiatement impérieuse : « Je veux transcrire une petite histoire qui m'est venue tandis que j'étais couché en pleine détresse et qui m'obsède au plus profond de moi-même[1]. »

1. L. à F.B., 17 novembre 1912, O.C. IV, p. 64.

Le « je veux » peut faire illusion, mais tout le contexte de la phrase montre clairement qu'une réalité s'impose à Kafka comme de l'extérieur, qu'il ne sera pas plus le maître du jeu ici que lorsque, moins de deux mois plus tôt, l'histoire du *Verdict* s'était imposée à lui. Quand son père avait rappelé le proverbe, Kafka, contre toute raison, en avait été blessé profondément : pour avoir été confiée au papier, au bout d'une année, la riposte en a-t-elle été davantage maîtrisée ?

Cette question de la plus ou moins grande conscience que Kafka avait de son œuvre au moment où elle s'écrivait importe en ce que, ici comme souvent, celle-ci peut sembler d'autant plus riche et vraie qu'elle s'est imposée à lui. *Le Verdict* n'a été un coup de sonde si profond dans sa vie que parce que le texte en avait été écrit d'une seule traite « avec une ouverture totale de l'âme et du corps ». Kafka ne s'était pas crispé sur une idée à exprimer. Qu'en est-il pour *La Métamorphose* ?

L'œuvre a été écrite dans de tout autres conditions que *Le Verdict*, sur une période de plusieurs semaines, du 17 novembre au 7 décembre 1912. C'est le plus long de tous les textes qu'il publiera jamais. Entre les moments où il écrit, il a cette fois le loisir de réfléchir à l'œuvre en cours. En est-il résulté une plus grande maîtrise du détail ? L'œuvre n'y a-t-elle pas perdu en spontanéité et authenticité ? Et en cohérence ?

Au lendemain du jour où Kafka a eu la première idée de *La Métamorphose*, il confie à Felice que sa « nouvelle histoire [...] exige d'être écrite » et qu'il en a « une envie folle »[1]. Ces prémices sont heureuses mais en fait, dès le début rien ne se passe comme naguère : pour *Le Verdict* il n'y avait pas eu de deuxième jour, toute la nouvelle avait été écrite en une nuit. De cela Kafka est conscient aussi, ce qui explique cette information : « L'histoire annoncée est encore loin d'être terminée[2]. » L'information, si évidente (il venait de prendre la plume), ne se conçoit que par référence à la nuit du *Verdict*.

Cette fois, l'idée a précédé la rédaction, alors que pour une grande part, Kafka n'a eu l'idée de ce qu'il avait écrit dans *Le Verdict* qu'à la lecture, voire relecture[3]. Certes, quelquefois, Kafka note avec plaisir qu'il « s'est enfin échauffé un peu en travaillant à [sa] petite histoire », mais un peu seulement : « Mon cœur voudrait se servir de ses palpitations pour m'y enfoncer encore[4]. »

1. L. à F.B., 18 novembre 1912, O.C. IV, p. 68.

2. L. à F.B., 17-18 novembre 1912, O.C. IV, p. 65.

3. Par exemple « à l'occasion de la correction des épreuves », en février 1913. Entre-temps, la composition de *La Métamorphose* a pu favoriser sa lecture ou relecture du *Verdict*.

4. L. à F.B., 1er décembre 1912, O.C. IV, p. 114.

LA CRAINTE D'UN ÉCHEC

Il note plusieurs fois dans les nombreuses lettres où il associe Felice à la progression de son récit que l'histoire « un peu terrifiante » qui sort de sa plume, et même « excessivement répugnante », se développe selon une logique qui lui échappe (Kafka parle même d'un « combat avec [sa] petite histoire[1] »). Mais un constat va bientôt s'imposer à lui :

« Ma nouvelle histoire va certes sur sa fin mais veut me faire croire depuis deux jours que je me suis fourvoyé. »

« Comme je le craignais, il est vraiment trop tard pour ma petite histoire, elle restera en plan jusqu'à demain soir à regarder le ciel[2]. »

« Il est trop tard » renvoie à l'heure tardive, en réalité il est effectivement trop tard, la nouvelle idéale selon lui ne sera pas écrite :

« Dommage que mes états de fatigue et autres interruptions et soucis extérieurs soient nettement inscrits dans certains passages de l'histoire, il est certain qu'elle aurait pu être travaillée avec plus de rigueur, c'est justement aux pages calmes qu'on peut le constater. Voilà bien le sentiment qui me taraude éternellement : moi-même, moi avec les forces créatrices que je sens en moi, tout à fait indépendamment de leur intensité et de leur durée, j'aurais accompli dans des conditions de vie meilleures un travail plus pur, plus convaincant, mieux organisé que celui que je viens de produire[3]. »

Quand enfin, dans la nuit du 6 au 7 décembre 1912, l'histoire est terminée, Kafka note encore :

« Je ne suis pas content du tout de la fin

1. L. à F.B., respectivement 23, 23-24 novembre 1912 et 1er décembre, O.C. IV, pp. 79, 81 et 112.

2. L. à F.B., 27 novembre 1912 et 4-5 décembre, O.C. IV, pp. 101 et 123.

3. L. à F.B., 5-6 décembre 1912, O.C. IV, p. 129.

que j'ai écrite aujourd'hui, elle aurait bien pu se permettre d'être meilleure[1]. »

1. L. à F.B., 6-7 décembre 1912, O.C. IV, p. 131.

L'écrivain peut avoir fondé son jugement sur le fait que cette fin introduit en effet une incohérence majeure dans son récit. Celle-ci n'est pas immédiatement évidente : pour qu'elle apparaisse, encore faut-il qu'on ait d'abord perçu l'originalité de l'instance narrative qu'avait choisie Kafka et à laquelle il était globalement demeuré fidèle jusque-là. Edgar Sallager l'a définie en ces termes :

« L'histoire ne nous est pas racontée a posteriori, par un narrateur qui rapporte un fait accompli mais nous assistons directement et immédiatement, *hic et nunc*, à ce réveil effrayant et vivons les événements provoqués par la transformation jusqu'à sa mort, avec et à la place de Gregor [...] Tout se déroule dans un seul et même champ visuel et auditif et se réfléchit péniblement dans un seul et même cerveau qui sont, simultanément, ceux de Gregor et les nôtres[2]. »

2. Edgar Sallager, « Poétique narrative et traduction. Une version de la *Verwandlung* à l'origine du kafkaïsme français », *Études germaniques*, octobre-décembre 1981, n°4, pp. 439-440.

Kafka aurait donc dû interrompre son récit au moment même où son personnage mourait (p. 143). Or la nouvelle se poursuit encore sur quelques pages. Dans *Le Verdict*, la réalité était de même évoquée telle qu'elle avait été perçue par l'un des personnages, Georg, mais au moins sa mort avait coïncidé exactement avec l'interruption du récit : les quelques détails qui suivent la phrase où l'on apprend qu'il se jette dans le vide ont été perçus par lui pendant sa chute (p. 78). Rien de comparable ici.

Quand on ne remarque pas le problème posé par la fin de *La Métamorphose*, on peut se croire fondé à penser qu'ici comme souvent, Kafka s'est montré abusivement sévère avec ses propres productions. Il n'en était rien, il était seulement lucide et exigeant.

L'INSTANCE EN QUESTION

Ce récit qui se poursuit alors qu'il n'est plus de narrateur pour l'assumer ne pose pas seulement un problème de technique romanesque, il se double de considérations esthétiques : c'est toute la nouvelle qui, dans une certaine mesure, peut s'en trouver déstabilisée. *La Métamorphose* tire en effet sa force, notamment, du parallélisme évident entre ses trois parties dont chacune commence par un réveil, se termine par une agression suivie d'une perte de conscience et donc d'une interruption du récit. Or ce qui avait valu pour les deux premières parties ne s'observe plus à la fin de la troisième, d'où un risque de déséquilibre.

L'absence d'un narrateur explicite, dans toute la nouvelle, peut certes ne pas se remarquer puisque dès la première phrase, le personnage central est désigné à la troisième personne : dans un tel cas, le lecteur est assez naturellement porté à imaginer un narrateur extérieur à l'action. Témoin invisible quoique installé dans l'appartement des Samsa, ce narrateur serait doué du pouvoir surnaturel de lire dans les pensées :

c'est une des conventions du genre romanesque qui s'admet sans difficulté. La question du narrateur est alors de celles qui s'oublient.

Stendhal (les ellipses de la narration dans *Le Rouge et le Noir*, la perception subjective de la bataille de Waterloo par Fabrice dans *La Chartreuse de Parme*, sont des exemples bien connus) et Flaubert surtout, que Kafka a lu et dont il s'est presque dit le disciple[1], avaient déjà masqué la subjectivité de leurs romans par ce même choix d'un récit à la troisième personne. Mais l'originalité de l'instance narrative dans *L'Éducation sentimentale*, même si le roman est écrit à la troisième personne, a été bien perçue : pendant longtemps, il n'en est pas allé de même avec *La Métamorphose*.

Il n'est pas que le choix de la troisième personne qui soit susceptible de masquer le caractère subjectif du témoignage de Gregor. Dès le deuxième paragraphe en effet, un narrateur extérieur à l'action explique au lecteur, dans une incise, pourquoi une collection d'échantillons de lainages se trouve sur la table de Gregor : « Samsa était voyageur de commerce » (p. 79). Ainsi, bien avant la mort de Gregor, le texte comporte divers détails qui empêchent d'affirmer que Kafka soit demeuré absolument fidèle à son choix d'une instance narrative dans *La Métamorphose*. Mais quand bien même Kafka aurait quelquefois oublié l'option narrative qu'il avait d'abord choisie, ce fait n'autorise pas qu'on néglige ce qui est la règle au profit de l'exception.

1. Kafka a dit s'être toujours senti un fils spirituel de Flaubert (« ein geistiges Kind »). Il a lu, en français, tant ses romans que sa correspondance. La première mention de Flaubert par Kafka dans ses lettres ou son *Journal* est de 1903 ou 1904 (dans une lettre à M. Brod, O.C. III, p. 571). Elle sera suivie de nombreuses autres.

L'état d'incertitude de Gregor découle à l'évidence de sa situation : il est gravement handicapé, son ouïe et sa vue ne cessent de baisser, son angle visuel est limité par des portes, de temps en temps entrouvertes, par la fente d'où il observe les occupants de la pièce voisine.

Ce qui peut sembler seulement une extrapolation fondée sur l'analyse de sa situation peut se lire en clair : par le recours à des modes autres que l'indicatif par exemple, ou par l'emploi de nombreux adverbes, le texte souligne bien « l'incertitude absolue du héros[1] ».

1. E. Sallager, *op. cit.*, p. 440.

Les signes de la subjectivité du témoignage peuvent certes échapper à la lecture, ils n'en sont pas moins inscrits dans le texte et ne laissent pas d'agir sur la sensibilité du lecteur. Et cela dès les premières lignes du récit. Ainsi, dans le texte allemand, plus clairement peut-être que dans aucune traduction française, le fait que la métamorphose n'est d'abord qu'une idée de Gregor, à laquelle d'ailleurs il ne croira pas immédiatement, apparaît discrètement dès la première phrase :

« Lorsque Gregor Samsa s'éveilla un matin au sortir de rêves agités, il se retrouva dans son lit changé en un énorme cancrelat » (p. 79).

« Als Gregor Samsa eines Morgens aus unruhigen Träumen erwachte, fand er sich in seinem Bett zu einem ungeheueren Ungeziefer verwandelt. »

Le « fand er sich », avec l'identité de fait du sujet et de l'objet, comme dans une formule qui apparaîtra quelques lignes plus bas (« Er sah [...] seinen [...] Bauch »..., « il voyait son ventre »...) peut déjà suggérer l'aspect douteux de sa perception. La traduction française « il se trouva » ou « retrouva » est heureuse en ce que le verbe « trouver » est quelquefois un quasi-synonyme de « juger », « penser », « croire », il ne garantit donc aucune vérité. Le dictionnaire Robert en donne plusieurs exemples[1].

Une personne réelle est là qui pense et vit, irréductible à toute autre, avec sa personnalité propre qui transparaît dans la manière dont les mots s'agencent dans sa pensée. Cette manière en effet n'est pas neutre, elle est au contraire souvent décalée par rapport à l'usage. Ainsi de l'emploi que Gregor fait du possessif à propos des parties de son propre corps. Dès la deuxième phrase, on trouve en allemand la formule « Er lag [...] auf *seinem* Rücken » qui est aussi étonnante qu'en français la traduction « Il était couché sur *son* dos » (p. 79). Ce n'est pas l'écrivain qui est censé ici s'exprimer : c'est un voyageur de commerce plus soucieux de son chiffre d'affaires que de beau langage. Faute de grammaire ou détail révélateur d'un rapport original du personnage à son propre corps ? Dans les deux cas, le détail suggère une présence vivante qui colore de subjectivité un témoignage.

Autre détail, et qui concerne encore l'usage du possessif : dans tout le texte, la désignation fréquente de chacun des deux

1. Comme ce dialogue dans un roman de Maupassant où « trouver » est un doublet de « avoir l'air » : « Il est rudement joli garçon. / — Tu trouves ? / — Mais oui, et puis il a l'air d'un bon vivant », dans *Pierre et Jean*, III.

parents par la formule « *der* Vater » ou « *die* Mutter » (« *le* père », « *la* mère ») n'est pas indifférente par la distance que suggère l'article défini (par opposition à un possessif, « *son* père », « *sa* mère »).

LE " KAFKAÏSME "

Il faut d'autant plus insister sur cette question d'instance narrative qu'elle n'a pas été aperçue par le premier traducteur de *La Métamorphose* en français, Alexandre Vialatte. Il avait donné cette traduction à *La Nouvelle Revue française* en 1928, puis dans un recueil, dix ans plus tard[1]. Elle fut pendant soixante ans (1928-1988) la seule qu'ait proposée l'édition française[2].

Vialatte, en effaçant la plupart des marques linguistiques qui soulignaient le caractère subjectif de la pensée qui s'exprimait, a ainsi donné « une impression complètement fausse du texte originel ». Edgar Sallager appuie cette affirmation de multiples comparaisons entre ce qu'avait écrit Kafka et cette traduction[3].

Celle-ci est en partie responsable du « kafkaïsme » défini comme image mythique de Kafka et de son œuvre dans les pays francophones et au-delà, car le problème ne les concerne pas seuls : 1938, c'est l'année de *La Nausée*, les existentialistes se crurent fondés, sur la foi du texte qu'ils connaissaient, à voir en Kafka un de leurs précurseurs. L'autorité de Camus qui a consacré un essai à « L'espoir et l'absurde dans

1. Édition originale, *N.R.F.*, numéros de janvier, février et mars 1928. La réédition de 1938, en volume, a été évoquée ci-dessus.

2. Voir dans le Dossier les références des diverses traductions de *La Métamorphose*, et la reproduction du début de chacune d'entre elles, p. 235.

3. E. Sallager, *op. cit.*, p. 441 et suiv.

l'œuvre de Kafka[1] » assura l'expansion du « kafkaïsme » dans le monde, et en Allemagne même. Comment s'y serait-il heurté à une quelconque résistance ? L'unanimité s'était faite sur une certaine idée de Kafka, et le rapport des Allemands à l'écrivain pragois avait longtemps été trop problématique pour qu'ils s'y soient intéressés vraiment.

1. Première publication en 1943, puis joint au *Mythe de Sisyphe*.

Le titre d'un article de Claude-Edmonde Magny, paru dès 1942, soit un an avant la publication de l'essai de Camus, souligne comme les lecteurs de Kafka avaient jusqu'alors omis de s'interroger sur l'instance narrative qui fonde la cohérence de ses récits : « Kafka ou l'écriture objective de l'absurde[2] ».

2. *Cahiers du Sud*, novembre 1942, pp. 12 et suiv.

Croire comme vraie à la représentation que Gregor se fait du monde, c'est commettre le même contresens que lui quand il colle son ventre brûlant sur une image comme s'il s'était agi effectivement d'une belle dame (p. 120) : la fonction de cette gravure évoquée dès le deuxième paragraphe du texte (p. 79) peut ne pas être seulement de préparer un épisode ultérieur mais de suggérer que le récit qui commence n'est lui-même qu'une autre forme de représentation du réel : ce serait une erreur de croire à sa réalité objective[3].

3. Gilles Deleuze et Félix Guattari insistent beaucoup sur cette représentation au début de leur *Kafka, Pour une littérature mineure*, 1975.

UN RÉCIT FANTASTIQUE ?

En 1968, pour ne pas avoir perçu l'incertitude née de la subjectivité du récit, Tzvetan

Todorov en a tiré la conséquence que, dans *La Métamorphose*, « le monde tout entier obéit à une logique onirique, sinon cauchemardesque, qui n'a plus rien à voir avec le réel[1] ». Or, le caractère subjectif de la perception du monde par Gregor empêche qu'on en induise une quelconque certitude quant à l'irruption du surnaturel dans le réel. Plusieurs fois, dans les pages qu'il consacre à *La Métamorphose* à la fin de son *Introduction à la littérature fantastique*, Todorov revient sur cette absence d'hésitation qui caractériserait le récit de Kafka. Si selon lui le récit kafkaïen n'est pas fantastique, c'est précisément parce qu'il « abandonne [...] la deuxième condition du fantastique : l'hésitation représentée à l'intérieur du texte ».

Le critique ne sait dès lors où situer *La Métamorphose* dans sa typologie structurale. « Du fait de cette absence d'hésitation, d'étonnement même, et de la présence d'éléments surnaturels », l'œuvre selon lui devrait relever du genre « merveilleux ». Mais Todorov remarque que le merveilleux, tel qu'il l'avait défini par ailleurs, « implique que nous soyons plongés dans un monde aux lois totalement différentes de celles qui sont dans les nôtres ». Or force lui est de reconnaître que si « dans *La Métamorphose*, il s'agit bien d'un événement choquant, impossible, [celui-ci] finit par devenir possible, paradoxalement ». D'où sa conclusion embarrassée, d'autant plus décevante que Todorov ne l'applique pas à la seule *Métamorphose* :

1. Tzvetan Todorov, *Introduction à la littérature fantastique*, 1970, coll. Points, p. 181.

« Les récits de Kafka relèvent à la fois du merveilleux et de l'étrange, ils sont la coïncidence de deux genres apparemment incompatibles[1]. »

Todorov cite bien sûr *La Métamorphose*, dans le texte de la traduction de Vialatte : quand son *Introduction à la littérature fantastique* a été traduite en allemand, le texte original de Kafka a remplacé la traduction française si bien que l'incohérence de l'analyse par rapport aux citations qui étaient censées l'illustrer est immédiatement apparue aux lecteurs allemands[2].

Pour illustrer le fait que Vialatte a profondément transformé le texte, on peut citer par exemple une brève remarque qui figure à la fin de la première partie de *La Métamorphose*. La voici d'abord dans la traduction de Claude David :

« Gregor avait l'impression que son père n'était plus seul, mais que plusieurs pères s'étaient ligués contre lui » (p. 100).

Le texte précise clairement qu'il ne s'agit là que d'une « impression ». Le contexte montre d'ailleurs qu'il serait difficile qu'il en soit autrement : depuis un moment déjà, Gregor était « presque entièrement retourné », il faisait face à la porte et tournait le dos à son père, il ne le voyait donc plus. C'est seulement l'intensité du vacarme que Gregor a voulu suggérer : à lui tout seul, son père faisait autant de bruit que plusieurs.

Le texte allemand (« gar nicht mehr wie die Stimme bloß eines einzigen Vaters ») signifie littéralement que ce qui s'entendait

1. T. Todorov, *op. cit.*, p. 180.

2. Selon E. Sallager, *op. cit.*, p. 438.

Alfred Kubin : *Friedhofmauer*. Oberösterreiches Landesmuseum, Linz. Ph. du Musée © S.P.A.D.E.M., 1991.

« Peut-être parviendrai-je tout de même un jour à vous dire tout ce que ce travail signifie pour moi. » *(F. Kafka à propos de l'œuvre de son ami Alfred Kubin, sur une carte qu'il lui adresse le 22 juillet 1914.)*

derrière Gregor « ne ressemblait plus à la voix d'un seul père ». C'est une comparaison, elle ne postule pas comme réelle l'irruption de trois pères effrayants dans la pièce.

Certes Vialatte ne dit pas positivement que plusieurs pères sont derrière Gregor, mais l'amplification proprement épique qu'il fait subir au deuxième terme de la comparaison installe néanmoins le lecteur dans l'imaginaire :

« Ce vacarme résonnait maintenant comme la voix de cent mille pères. »

La comparaison qui n'était qu'un moyen de servir à la mesure du réel, de se le représenter, finalement en détourne. Le texte change de genre, ce qui pose un problème littéraire, mais aussi il s'appauvrit du fait que Gregor devient un rêveur alors que tous ses efforts tendent au contraire à lire le réel, à observer, comparer, imaginer les explications les plus vraisemblables aux faits observés, à partir d'indices réputés signifiants. Attentif à ne pas confondre « impression » et certitude, Gregor témoigna longtemps d'un solide sens critique.

Todorov ne l'a pas vu : il oppose le lecteur au personnage en ce qu'« une certaine hésitation persiste chez le lecteur » alors que, passé les premières pages, « elle ne touche plus jamais le personnage ». Il en tire la conséquence qu'aucune identification dès lors n'est plus possible entre eux[1]. Il rassure ainsi le lecteur sur son sens critique et lui oppose un être incapable d'ana-

1. T. Todorov, *op. cit.*, p. 181.

lyser correctement le réel. Or, si l'on a perçu les efforts constants de Gregor pour distinguer l'apparence de la réalité, *La Métamorphose* peut être lue comme une fable sur le savoir : elle raconte comment un garçon jouissant de toutes ses facultés en a été réduit à ne plus penser, et cette histoire concerne chaque lecteur, elle est potentiellement la sienne.

UNE FABLE ÉPISTÉMOLOGIQUE ?

Les multiples questions que se pose Gregor, à son réveil, les diverses hypothèses qu'il envisage successivement, sont caractéristiques de son désir de comprendre le réel et de progresser vers une appréciation plus juste de phénomènes réputés mesurables, explicables. Ses observations sont au premier matin aussi précises que possible :

« Il était six heures et demie et les aiguilles continuaient tranquillement à tourner, il était même la demie passée et on n'était pas loin de sept heures moins le quart » (p. 81).

Sa démarche, ensuite, peut être dite hypothético-déductive. S'il ne s'est pas réveillé, quelle est l'explication de ce mystère ? Première hypothèse :

« Le réveil par hasard n'aurait-il pas sonné ? »

Réponse (fondée sur une observation du réveil lui-même) :

« Il avait certainement sonné. »

Critique de l'assertion précédente (par référence à un autre fait) :

« Mais alors, comment Gregor avait-il pu dormir tranquille avec cette sonnerie à faire trembler les meubles ? »

Explication (qui lève la contradiction, articulée sur le rappel d'un fait connu, il avait fait des « rêves agités ») :

« Son sommeil n'avait certes pas été paisible, mais sans doute n'avait-il dormi que plus profondément » (p. 81).

« Quant à la transformation de sa voix » (p. 84) ou à la douleur qu'il ressent, la première peut s'expliquer comme « signe prémonitoire d'un bon rhume », la seconde est peut-être imaginaire — le cas s'était déjà produit —, la médecine ou la psychologie pourraient confirmer.

Plusieurs fois, le texte indique combien Gregor est un esprit rationnel, d'où la récurrence des mots « raison » ou « raisonnable » dans le texte (par exemple pp. 85, 90, 114, etc.). Il n'est pas que les phénomènes physiques qu'il observe et analyse, il se révèle aussi un fin psychologue, capable d'envisager de mutiples hypothèses toutes vraisemblables pour expliquer un comportement, un silence, etc.

« Logique onirique, sinon cauchemardesque » ? L'opinion de Todorov ne vaut guère pour Gregor aussi longtemps que son esprit fonctionne encore à la manière de celui de l'homme qu'il était encore récemment.

Partout, la comparaison n'est qu'un moyen d'appréciation du réel, une démarche naturelle de l'esprit pour le mesurer. Elle permet de distinguer, comme en mathématique, une grandeur absolue d'une grandeur relative : il serait abusif de croire que les nombreuses pattes de Gregor étaient effectivement minces, elles ne le semblent que « quand on les compar[e] à l'ensemble de sa taille » (p. 79). L'information sur la taille comparée des pattes et du corps est même introduite d'une manière un peu lourde et technique, révélatrice d'une priorité donnée à la précision sur les impressions (« im Vergleich zu »). De même la comparaison de sa situation de voyageur de commerce avec celle de voyageurs ordinaires « qui vivent comme les femmes de harem » est pour Gregor un moyen d'apprécier, par contraste, la réalité de sa situation.

Gregor voit-il bien ce qui se passe autour de lui ? Ses hésitations sont explicitement marquées par de nombreux « comme », « comme si » et autres marques de comparaison qui relativisent chaque affirmation et témoignent de son intention de bien faire la différence entre une impression et une certitude.

Ainsi son dos n'est pas une carapace, mais le semble seulement : « Il était couché sur son dos, dur comme une carapace » (p. 79, « panzerartig »), et sa dureté même n'est peut-être qu'une impression puisque peu après, on lit que « son dos semblait dur » (p. 86). L'expérience lui montrera qu'il avait eu raison de ne pas trop se fier à sa première impression : « le dos était sans doute plus élastique que Gregor ne l'avait tout d'abord pensé » (p. 87).

Et pourtant, si objectif que continue de se croire Gregor, il sera de plus en plus aveugle devant la réalité. On pourrait donner de multiples exemples du caractère illusoirement objectif de ses analyses. Ainsi, quand le père, la mère, la sœur, fatigués de leur journée de travail, se plaignent à haute voix et vont enfin se coucher, on lit tout aussitôt :

« Qui donc, dans cette famille usée de travail et recrue de fatigue, avait encore le temps de s'occuper de Gregor plus qu'il n'était absolument nécessaire ? » (p. 127).

Cette question n'est pas un simple constat mais la justification de l'intérêt de moins en moins grand que la famille accorde au fils de la maison. C'est Gregor qui pense ainsi, et cette pensée est d'ailleurs tout à son honneur : il devrait souffrir d'être délaissé, or il fait preuve de beaucoup d'intelligence dans l'analyse des causes, et d'un sens aigu de la justice. Lui, la victime, est d'une remarquable impartialité.

Mais en même temps, sa perception de la situation n'a-t-elle pas été déformée par un *a priori* favorable à l'égard de ses parents ? Peut-être ne voit-il pas certains indices qu'un observateur étranger aurait remarqués et qui peuvent faire douter du droit des parents à la bonne conscience. Quand de tels indices apparaissent dans le témoignage même de Gregor — qui est tout acquis à leur cause —, ils sont particulièrement troublants et poussent à mieux observer la scène, à relire la page[1].

1. De même, quand on peut remarquer, dans le témoignage d'Orgon, des détails qui rendent suspect Tartuffe, ceux-ci deviennent de quasi-preuves de son hypocrisie.

En l'occurrence, le silence qui règne dans l'appartement n'est peut-être pas dû à la fatigue accumulée mais tout simplement au fait que les présents n'ont plus rien à se dire, sinon des phrases toutes faites, toujours les mêmes, automatiques : « Combien de temps as-tu encore passé à ta couture ! », « On appelle cela une vie ! » (pp. 126 et 127).

Il est possible que le père s'endorme vraiment, mais il est possible aussi qu'il sommeille seulement (« er schlummerte »), qu'il ait l'oreille aux aguets, qu'il fasse comme s'il dormait. Il ne multiplierait les signes d'un sommeil profond que pour mieux donner le change. Bizarre en effet ce père qui « refuse de se lever » et qui peut sembler faire durer le plaisir de s'entendre dire à l'oreille « des choses gentilles » par sa femme, avant de se faire conduire jusqu'à son lit. Deux fois dans le passage on trouve la même construction « als sei er... » (« comme s'il était à tout instant prêt à... », « comme s'il était pour lui-même le fardeau le plus encombrant... », pp. 126 et 127). Ces « comme si » ne sont pas innocents : ils placent ici comme souvent la scène sous le signe de la distance entre apparence et réalité.

Quelquefois Gregor, de lui-même, dans un deuxième temps, redevient plus lucide : le soupçon que ses parents auraient pu et dû mieux s'occuper de lui ne l'avait pas d'abord effleuré, mais quelque temps plus tard, « il n'y avait plus en lui que de la fureur à cause du manque de soins dans lequel on le laissait » (p. 129). De même quand sa mère et sa sœur ont entrepris de vider sa chambre de tous ses meubles ou presque : son premier mouvement, telle est sa bonté naturelle, avait été de croire qu'on voulait « faciliter ses mouvements en retirant les meubles qui pouvaient le gêner » (p. 115), lui donner plus d'espace (p. 118). La gravité de cette initiative l'avait seulement effleuré :

« Avait-il vraiment envie que cette pièce chaleureuse, confortablement remplie de vieux meubles de famille, soit changée en un repaire dans lequel il pourrait certes ramper librement dans tous les sens, mais au prix d'un oubli rapide et total de son ancienne condition d'homme ? » (p. 117).

Il avait d'abord « pesé les bonnes intentions » de sa sœur (p. 119), mais s'était finalement révolté pour sauver ce qui pouvait encore l'être, à demi conscient des enjeux : ces meubles étaient autant de signes extérieurs d'humanité, les retirer, c'était abandonner l'idée de son possible retour parmi les hommes (p. 117). Sa sœur elle-même l'avait dit, sans pour cela renoncer à son projet. L'hypocrisie de tous éclatera plus tard : on avait sans doute besoin des meubles ailleurs, son désir d'espace ne fut qu'un prétexte, bientôt sa chambre sera tellement encombrée d'objets inutilisés qu'il « ne lui rest[era] plus aucune place pour bouger » (p. 133).

Il semble souvent sur le point d'en tirer l'évidente conclusion que ses parents ni sa sœur ne l'aiment, que la « bonté » de sa sœur (p. 105) et sa « gentillesse » ne sont qu'une illusion de sa part :

« Gregor parvint quelquefois à saisir une remarque qui exprimait de la gentillesse ou qui permettait à tout le moins d'être interprétée de la sorte » (p. 107).

Cette conclusion, il ne la tire pas, de même qu'il se pose de moins en moins de questions : c'est que ses facultés sensibles et intellectuelles elles-mêmes ont diminué. Il arrive que le lecteur comprenne mieux la situation que lui. Ainsi de son odeur : Gregor n'en a pas conscience, il ne comprend pas vraiment pourquoi sa sœur, à peine entrée dans sa chambre, se précipite vers la fenêtre pour l'ouvrir toute grande et y respirer profondément, il constate seulement qu'elle ne peut rester là, fenêtre fermée (p. 113). Il l'admet mais ne le comprend pas.

Aux dernières pages de la nouvelle, le père et la mère, eux, se montrent capables d'analyser leur situation : le regard qu'ils portent sur leur fille leur fait ainsi découvrir des vérités d'abord insoupçonnées, par exemple qu'elle est devenue « une belle fille plantureuse ». Ils savent analyser le présent et y percevoir certains indices signifiants qui confirment leurs hypothèses et justifient leur projet de trouver un mari pour Grete :

« Il leur apparut, à bien y regarder, que leurs perspectives d'avenir n'étaient pas si mauvaises [...] Ils crurent voir une confirmation de leurs nouveaux rêves et de leurs beaux projets quand, au terme du voyage, la jeune fille se leva la première et étira son jeune corps » (pp. 147-148).

A l'inverse, bien loin de manifester cette même attention aux indices qui permettent de mieux comprendre le monde, incapable d'aucune réflexion par quoi on progresse vers la vérité, Gregor, à la fin de sa vie, n'a plus conscience que de quelques sensations (bien-être, douleurs qui diminuent), de sentiments (« il pensa à sa famille avec une tendresse émue »). Quant à penser...

« L'idée qu'il n'avait plus qu'à disparaître était, si possible, plus arrêtée encore dans son esprit que dans celui de sa sœur » (p. 132).

La plupart des traducteurs jouent sur les sens du verbe « arrêter » (Bernard Lortholary propose « ancrée »). Il se confirme en effet peu après que Gregor ne pense plus :

« Il resta dans cet état de méditation vide et paisible jusqu'au moment où l'horloge du clocher sonna trois heures » *(id.)*.

Le texte dès lors n'affirme ni que le monde est absurde, ni qu'il est absurde d'y chercher un sens. C'est pourtant ainsi qu'il fut lu par les existentialistes, et l'expérience de la Seconde Guerre, puis de la guerre froide, a facilité cette lecture : on n'a longtemps vu dans le texte que les images et les concepts qu'on se proposait d'y retrouver et négligé tous les signes qui auraient dû empêcher qu'on fasse de *La Métamorphose* une sorte de conte philosophique sur l'absurde. Or Kafka ne dit rien de la non-interprétabilité de la réalité ni de son éventuelle absurdité : il propose seulement de faire avec Gregor l'expérience de la dégradation des facultés intellectuelles et sensibles chez un être voué à la solitude.

Cette dégradation est-elle inéluctable ? En en suggérant les causes, en s'appuyant sur un cas limite, le texte suggère en même temps le remède. Si Gregor tout au long de la nouvelle a pensé de moins en moins jusqu'à ne plus penser du tout (à la fin, il n'est plus qu'un regard sur le jour qui se lève), s'il a désappris à penser, c'est qu'il ne disposait plus du langage pour confronter ce qu'il croyait à ce que pensait autrui :

« Ses actions, ses observations, ses réflexions restent telles quelles, rien ni personne ne le rassure, et il se voit toujours rejeté, avec ses questions sans réponse, sur lui-même[1]. »

1. E. Sallager, *op. cit.*, p. 440.

« Si seulement il avait pu parler » (p. 112). Gregor a lui-même identifié les causes de son mal :

« Ces deux mois au cours desquels aucun être humain ne lui avait adressé la parole, en même temps que la vie monotone qu'il menait au sein de sa famille avaient dû lui troubler l'esprit » (p. 117)

« Penser fait la grandeur de l'homme », la formule de Pascal semble bien théorique à côté de cette autre réalité : la pensée est fragile, c'est par la confrontation avec celle d'autrui qu'elle se fortifie, faute de quoi elle se sclérose et meurt, et l'homme avec elle. Ce constat qui s'impose à la lecture de *La Métamorphose* concerne tous les roseaux et autres cancrelats pensants comme il a concerné son auteur : qui apparemment fut jamais plus seul que lui ?

« BONHEUR DE CAUSER AVEC DES GENS »

La célèbre formule « Seul comme Franz Kafka » peut induire en erreur[1] car il n'était pas un solitaire. S'il fut un homme secret et mystérieux pour ses amis, ces amis étaient là, nombreux, avec qui il allait au spectacle ou à des conférences — d'autres sorties étaient moins avouables : la version non expurgée de son *Journal*, tel qu'on le connaît maintenant, est très claire sur tous ces points[2]. Même si quelquefois on sent qu'il suit ses amis un peu malgré lui, tel le narrateur d'« Enfants sur la grand-route » au début de *Regard*, il est pleinement un des leurs : Kafka n'était pas un triste, ce que pourtant on avait cru pouvoir inférer de ses fictions littéraires, et le « rire » qui a suivi la lecture de *La Métamorphose* chez Brod et ses amis témoigne de leur bonne santé à tous.

Kafka a souvent dit son désir d'approcher autrui, de le comprendre et d'en être compris. « Bonheur d'être en compagnie d'êtres humains », lit-on sur l'une des dernières pages de son *Journal*, à la date du 2 février 1922. Il précise deux jours plus tard :

« 4 février [...] Ce que M. disait, sans toutefois comprendre la vérité de ses paroles (il y a aussi un orgueil triste qui se justifie), du bonheur de causer avec des gens[3]. »

Les deux « Conversations » de la revue *Hyperion*, plusieurs fragments de *Regard*, notamment le dernier (p. 55), ont multiplié les interrogations sur le mystère de

1. Kafka à Janouch, au témoignage de ce dernier, dans *Conversations avec Kafka*, 1978, p. 92. La formule a donné son titre a un des ouvrages que Marthe Robert a consacrés à Kafka (en 1979).

2. Extraits inédits du *Journal* de Kafka, présentés et traduits par Helga Finter, *L'Infini*, hiver 1990. En fait, C. David en avait déjà publié certains dans son édition du *Journal* de Kafka dans la Pléiade (O.C. III).

3. J., 4 février 1922, O.C. III, p. 535.

« l'autre » dont on ne sait jamais rien au fond. Souvent, un dialogue amène chacun à se dévoiler, *Le Verdict* à cet égard est assez exemplaire. Dans *Regard*, certains dialogues sont seulement imaginés (« L'Amoureux éconduit », p. 52), mais dans le cas de chacun des nombreux solitaires que compte le recueil, la solitude et le mutisme peuvent n'être que provisoires.

La métamorphose de Gregor l'a voué à une solitude et à un mutisme définitifs ; il en est réduit à imaginer la pensée d'autrui, faute de pouvoir jamais questionner, à déterminer quelquefois son comportement en fonction de ce qu'il croit être la pensée de ses parents au sujet de ses propres intentions :

« Gregor craignait d'exaspérer son père par la lenteur de ce mouvement tournant [...] il commença donc [...] à faire demi-tour aussi rapidement que possible [...] Peut-être son père aperçut-il cette marque de bonne volonté car il ne chercha pas à le gêner » (p. 100).

C'est une première différence. La seconde, c'est que dans *La Métamorphose*, plus que dans *Le Verdict* (où interfèrent un « ami de Russie » et une fiancée), ce qui importe n'est pas tant « d'être en compagnie d'êtres humains » ni de « causer avec des gens » en général, mais d'être et de causer avec ses père, mère et sœur. A l'évidence, la vie sociale de Kafka ne pouvait remplacer les manques dont il souffrait parmi les siens dans sa famille.

La question de ce que pensent le fondé de

pouvoir et la hiérarchie de l'entreprise n'a qu'un temps dans la nouvelle. De même, les trois locataires apparaissent tardivement, ce sont des étrangers dans la maison et les relations avec eux sont très artificielles. Reste la question de ce que pensent les proches.

Sa nouvelle est d'abord une machine de guerre dirigée contre sa famille. La première idée était celle d'une protestation haineuse contre le père et toute la famille, comme la publication de « Vacarme » et la composition du *Verdict*. Kafka, en octobre 1912, peu de temps avant d'écrire *La Métamorphose*, pouvait écrire à max Brod :

« Je les hais tous à tour de rôle[1]. »

1. L. à M. Brod, O.C. III, p. 695.

La première partie de la nouvelle montre les premières réactions de l'entourage : elles furent immédiates, instinctives, en ce sens elles ne sont pas signifiantes : le fondé de pouvoir s'est détourné « avec une moue de dégoût », l'épaule agitée d'un « tremblement nerveux », il s'enfuit « d'un mouvement si brusque qu'on aurait pu croire que le plancher brûlait la semelle de ses souliers » (p. 97). La mère d'abord « abîmée en elle-même, se releva d'un bond, lança les bras en l'air en écarquillant les doigts et hurla » un appel au secours, s'arrêta, « se rejeta comme une folle en arrière », renversa le café... (p. 98). Mêmes comportements irréfléchis et instantanés chez le père qui bientôt « perd lui aussi la tête », devient violent, « pousse des sifflements de sauvage » (p. 100).

DES CONFIRMATIONS ET DES RÉVÉLATIONS

Les réactions se succèdent en se répétant, on n'observe de l'une à l'autre aucune évolution. Chacun en la circonstance a révélé sa nature, manifestement le père est un monstre lui-même ; telle semble avoir été la première idée de Kafka, quand il prit la plume pour écrire sa nouvelle. Cette idée est-elle juste ? La deuxième partie va la confirmer. *La Métamorphose* se serait arrêtée à la fin de la première (vingt-deux pages, c'est déjà dix pages de plus que *Le Verdict*), elle ne permettait pas de répondre à cette question. La longueur de la nouvelle naît de cette nécessité d'installer la famille dans une durée qui, mieux que des réactions instantanées, révélera la vraie personnalité de chacun.

La réflexion n'avait aucune part dans les comportements automatiques du premier moment : il faut maintenant assumer la pensée de cette présence d'un monstre dans la maison. Comment évoluent les autres à son égard, dans leurs paroles et dans leur comportement ? Qu'en est-il de leurs sentiments pour Gregor ? La deuxième partie, d'une longueur équivalente à celle de la première, permet de suivre ces évolutions.

La violence du père est à la fin confirmée. La deuxième partie se termine comme la première, par l'agression physique du fils par le père : au « coup de pied » correspond le bombardement à coups de pommes.

A la violence du père s'ajoute une nouvelle source de scandale. La deuxième partie amène des confirmations mais aussi son lot de révélations. Le chef de famille, l'incarnation de la loi, est un hypocrite : la dette contractée par lui, et qui était cause du malheur du fils, aurait pu être remboursée, du moins réduite, car le père Samsa possédait « un petit capital » (p. 110), suffisant pour faire vivre toute la famille un an ou deux. Celui-ci n'était donc pas si petit. De plus, le père se porte bien, aurait pu travailler, et de fait retravaillera :

« Cet homme empaqueté d'un vieux manteau, qui avançait péniblement, en prenant précautionneusement appui sur sa canne d'infirme et qui, lorsqu'il voulait dire quelque chose, s'arrêtait presque chaque fois en forçant ceux qui l'accompagnaient à former cercle autour de lui ? Il se tenait tout droit aujourd'hui [...] le regard alerte et attentif » (p. 123).

Il aura fallu du temps pour que son masque tombe. Même la mère ne sort pas indemne de cette observation prolongée. Elle croit aimer son fils, réclame de le voir : « Laissez-moi donc voir Gregor, mon pauvre fils, qui est si malheureux ! » (p. 114). Elle le verra. Elle s'y était préparée, cette fois on ne pourra invoquer sa surprise pour expliquer sa réaction. Ses cris, comme la première fois, montrent à l'évidence que rien n'a changé : « Oh ! mon Dieu, mon Dieu ! » (p. 120).

En cela réside l'évolution : on peut admettre un réflexe incontrôlé, né de la surprise, comme au premier matin. Mais le temps a permis, en théorie, à chacun de réfléchir à la réalité nouvelle. L'idée qu'il s'agit bien de Gregor n'aurait-elle pas dû, avec le temps, s'imposer ? Rien de tel dans *La Métamorphose*. Pour qu'il soit clair que la mère de Gregor, quels que soient ses dires, ne l'aimait pas, il a fallu que le récit se développe dans la durée.

Au moins, l'amour de Belle, dans le conte de Mme Leprince de Beaumont, avait fait oublier la monstruosité de la Bête, aimée malgré son apparence : quand Belle retrouva « la pauvre Bête étendue sans connaissance, elle crut qu'elle était morte. Elle se jeta sur son corps sans avoir horreur de sa figure ». De même dans un autre conte, de Perrault celui-là : l'homme à la barbe bleue était « si laid et si terrible, qu'il n'était femme ni fille qui ne s'enfuît de devant lui ». Mais l'amour fit pourtant qu'une demoiselle trouva bientôt que « le maître du logis n'avait pas la barbe si bleue et que c'était un fort honnête gentilhomme ».

Et Grete ? Grete n'est pas Belle : ses bons sentiments ne résistent pas au temps. A l'inverse de Belle, elle s'éloigne de plus en plus de Gregor. Elle avait été la plus proche de lui. Mais à la fin de la nouvelle, c'est elle qui, très posément, dira la parole qui tue son frère et lui substitue le cancrelat : « Tu n'as qu'à tâcher de te débarrasser de l'idée qu'il s'agit de Gregor » (p. 140).

C'est de cette évolution mentale que résultera effectivement le passage à l'acte envisagé comme nécessaire à la page précédente : « Mes chers parents, cela ne peut plus continuer comme cela [...] Il faut nous débarrasser de ça » (p. 139).

La répétition de « débarrasser » ici correspond à la répétition du même verbe dans le texte original (« loswerden »). C'est la pensée que l'autre est ou non un être humain qui autorise ou non le traitement inhumain qu'on lui inflige en toute bonne conscience.

Il aura fallu du temps pour qu'enfin l'unanimité soit reconstituée contre Gregor. Sa mère s'abstient (elle s'était « tout à fait endormie ») mais Grete s'est placée derrière son père, et c'est elle qui fermera la porte : « " Enfin ! " cria-t-elle à ses parents, après avoir tourné la clef dans la serrure » (p. 142).

La première partie avait montré des réactions naturelles et immédiates, confirmées dans la deuxième. Au prix d'un lent processus de deuil dans la pensée de chacun, la troisième partie inscrit dans le réel le nouveau statut de Gregor, d'abord tacitement, puis explicitement : une sorte de vote a eu lieu, chacun s'est exprimé, fût-ce par son abstention. Restait à passer à l'acte et exécuter le verdict. Fermer la porte à clef, de l'extérieur, revient à condamner Gregor à mourir de faim. Ce passage à l'acte n'est pas le plus aisé. Du réflexe à la pensée, de la pensée à l'action, la division du texte en trois parties trouve là sa justification, la taille de la nouvelle ayant été rendue nécessaire par le temps qu'a exigé le parcours de ces trois étapes.

C'est la haine qui apparemment donne sa cohérence à la nouvelle. Et pourtant... Kafka croyait en avoir fini avec sa nouvelle à la fin de la deuxième partie, une troisième, a-t-il confié à Felice, s'est imposée à lui[1]. Pourquoi ?

Si Gregor était mort à la fin de la deuxième partie, comme tout le laissait prévoir, il aurait été assassiné par son père : or Kafka le fera mourir de mort naturelle, plus tard. La mort du fils, à la fin de la troisième partie, ne sera certes pas sans rapport avec la blessure que son père lui avait infligée, celui-ci peut donc en être tenu pour responsable, mais plus lointainement. Si cette dernière partie s'est imposée à Kafka, la raison profonde en est peut-être dans l'impossibilité où il fut de faire clairement mourir son héros par la faute du père. Dans cette impossibilité peut se percevoir comme un reste d'espoir que la haine de l'un pour l'autre puisse ne pas être aussi totale qu'il pouvait sembler.

La solitude, le calme semblaient le suprême désir de Kafka dans « Vacarme ». D'innombrables notations du *Journal* ont dit son irritation à entendre tout ce qui se disait dans les pièces voisines de sa chambre. Quelquefois pourtant, il y prenait beaucoup d'intérêt[2]. *La Métamorphose* va plus loin : Gregor a besoin de ses parents, c'est la séparation d'avec eux qui va le tuer.

Walter H. Sokel a développé cette analyse paradoxale : on croyait que l'œuvre de

1. L. à F.B., 1er décembre 1912, O.C. IV, p. 112.

2. Ainsi quand derrière la porte son ancienne bonne d'enfants et la cuisinière parlent de lui (J., 21 novembre 1911, O.C. III, p. 166).

Hermann Kafka, père de l'écrivain. Archives Klaus Wagenbach, Berlin.

Julie Kafka, née Löwy, mère de l'écrivain. Archives Klaus Wagenbach, Berlin.

« Chers parents, je vous ai pourtant toujours aimés... » *(Le Verdict).*

Kafka disait sa haine pour son père, responsable de tous ses maux. Or, on peut lire *La Métamorphose* comme la dernière tentation d'un fils incompris pour demeurer dans sa maison, au plus près des siens, plus près que jamais il ne l'avait été. L'œuvre serait plus qu'une simple démonstration de détresse, elle peut être lue comme un appel à l'autre, « une " prière " pour obtenir la 'Réconciliation' — comme la littérature pour Kafka — une supplication pour qu'on détruise les barrières qui se sont dressées entre Gregor et sa famille[1] ».

Il n'est pas difficile de relever dans le texte tous les passages où l'on voit le souci de Gregor d'être compris de son père, de se soumettre à sa volonté, de ne le contrecarrer en rien. La violence même du père, son coup de pied, est perçue comme une délivrance (p. 101).

Au cœur de *La Métamorphose*, il faudrait donc admettre, chez Gregor, « la nostalgie qu'éprouve l'exilé pour le cercle intime[2] ». La métamorphose de Gregor serait son ultime recours pour ne plus être obligé d'être exilé loin des siens, pour demeurer au foyer, près d'eux. De fait, jamais il n'en aura été aussi près. L'énormité du sacrifice est le prix à payer pour échapper à la malédiction qui avait frappé Georg Bendemann : être chassé de la maison paternelle. En ce sens, la métamorphose de Gregor est une marque d'amour.

Pour un peu, comme *Le Verdict*, *La Métamorphose* aurait donc pu se terminer par les mêmes paroles qu'avait murmurées

1. W. H. Sokel, *op. cit.*, traduction de Claudine Raboin, *op. cit.*, p. 70.

2. *Id.*

Georg Bendemann : « Chers parents, je vous ai pourtant toujours aimés. » Au moins Georg Bendemann peut-il trouver un certain réconfort dans le fait qu'il a pu prononcer le mot « amour », même si personne ne l'entendra. Gregor ne le peut même pas, il est réduit à le penser : « Il pense à sa famille avec une tendresse émue » (p. 142). Le texte allemand dit : « Liebe ». Gregor va mourir avec cet amour inexprimé en lui.

Son désir d'être compris, admis, oublié même, pourvu qu'il puisse demeurer là, tout proche, est bien clair dans le fait que Gregor très vite va cesser de s'intéresser à ce qui se passe dans la rue. Par la fenêtre de sa chambre, il aurait pu, comme plusieurs personnages du recueil *Regard*, se relier au monde extérieur. Les fenêtres sur rue étaient omniprésentes dans le recueil. Dans *Le Verdict*, quand Georg se poste à la fenêtre de l'appartement, par le regard il n'est déjà plus dans la maison (p. 63). Dans *La Métamorphose*, elles se sont progressivement abolies. Gregor en a fait le sacrifice : un mois après sa métamorphose, il se dresse encore à la fenêtre « en souvenir manifestement de l'impression de liberté qu'il éprouvait autrefois quand il regardait par la fenêtre » (p. 111). Les reflets venus de la rue lui avaient jadis rappelé l'existence d'un espace ouvert (p. 101), mais tous les désirs de Gregor sont bientôt circonscrits à l'appartement. Alors qu'il habite dans « une rue paisible mais urbaine », en face d'un hôpital, il pense bientôt à l'espace environnant — quand il y pense — comme à un « désert où le ciel gris et la terre grise se confondaient indiscernablement » (p. 112).

A l'inverse les portes sont omniprésentes, celles des pièces, qui ouvrent sur l'antichambre, celle qui ouvre sur la cage d'escalier, celle qui enfin ouvre sur la rue. Cette dernière porte est si lointaine qu'elle n'est jamais évoquée : aucune « promenade inopinée » n'est plus envisagée.

Restent, bien réelles, les portes de la chambre de Gregor, celle où frappe sa mère au début de la nouvelle, « située à côté du chevet » (p. 82), les portes latérales : l'une où frappe le père, sa sœur se tient derrière une autre. Que de portes fermées ! Elles sont obstacles à la réunion des êtres, Gregor s'y blesse (p. 101). Son premier réflexe après son évanouissement est de se traîner du côté de la porte (p. 101). Par une fente, Gregor sera longtemps à l'affût de la moindre image des siens. Par la pensée, « debout, collé à la porte » (p. 110), il les a souvent franchies, imaginant à partir des bruits ce que font derrière elles les autres membres de la famille. Jusqu'aux premières pages de la troisième partie, Gregor est ainsi à l'affût des moindres signes venus de la pièce où il n'est pas admis. Son agressivité à l'égard des locataires — elle transparaît dans les détails qu'il privilégie quand il les évoque (pp. 132 et suiv.) — est nourrie de son amour exclusif pour les siens.

La proposition de Kafka pour l'illustration de son récit a privilégié l'image d'une porte ouverte[1], le texte en donne la raison :

« Couché dans l'ombre de sa chambre,

1. L. à Kurt Wolff, 25 octobre 1915, O.C. III, pp. 743-744.

invisible de l'autre côté, il pouvait voir maintenant la famille entière assise à table autour de la lampe » (pp. 125-126).

Tant de portes, de serrures aussi, qui sont si difficiles à ouvrir quand on est dans son état : les autres en ont seuls la maîtrise, ils usent et abusent de leur pouvoir, ils les ouvrent, entrouvrent ou ferment à leur gré, s'enferment aussi : les portes, comme dans le cas de la chambre des parents, peuvent aussi protéger. Encore faut-il savoir ou pouvoir les manœuvrer.

A la fin de « Vacarme », une porte entrouverte était franchie. Ici, comme dans « Devant la Loi » que Kafka écrira en 1914 (A.F., p. 125), l'obstacle est tellement intériorisé que le fait que la porte soit quelquefois ouverte ne change rien au problème : au début, Gregor « guettait des yeux [pendant] une heure ou deux » (p. 125) l'ouverture d'une porte ; plus tard, quand elle restait fermée, il y « renonçait volontiers ». Et même :

« Il lui était arrivé, certains soirs où elle était ouverte, de ne pas en avoir tiré parti » (p. 133).

Pire : il lui est arrivé de se mettre en « rage, parce que personne ne songeait à fermer la porte » (pp. 130-131). Quand enfin il franchira cette porte, dans la troisième partie, la transgression entraînera le drame et sa mort. Il meurt ainsi de son amour pour ses parents et de son désir d'aimer et d'être aimé. Kafka semble confirmer cette analyse quand, dans une lettre à Felice — il venait de rédiger le pas-

La Métamorphose d'après Kafka : film réalisé pour A2, par Jean-Daniel Verhaeghe. Deux scènes.
Dans le rôle de la sœur : B. Caudry.
Ph. Dumage. Avec l'autorisation de J.-D. Verhaeghe.

Hamerschoi : *Portes blanches.* The David Collection, Copenhague ; déposé à The Hirschsprung Collection, Copenhague. Ph. du Musée.

La Métamorphose d'après Kafka. Adaptation théâtrale de Maria Ley Piscator. Mise en scène de Daniel Emilfork. Studio des Champs-Élysées, 1968. Pierre Tabard dans le rôle du fils. Ph. © Bernand.

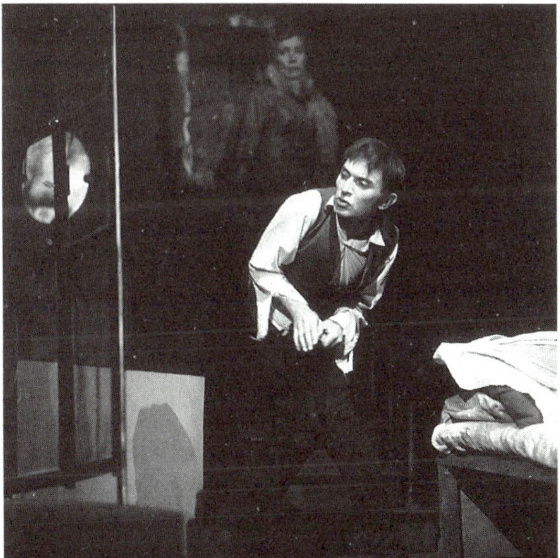

sage où Gregor meurt —, il écrit : « Si cela peut te consoler, sache qu'il est mort assez paisiblement et réconcilié avec tous[1]. »

Très paradoxalement, sa nouvelle, si on la lit comme Sokel, confirme, comme plus tard la « Lettre à son père[2] », que la haine de Kafka pour les siens, qu'il croyait si vivace en lui, n'était que le masque de son amour. Après *Le Verdict*, *La Métamorphose* a confirmé l'impossibilité où sont les fils de ne pas aimer leur père. Mais au-delà de cette confirmation, le texte comporte la révélation d'autres vérités qui concernent encore plus intimement Kafka.

1. L. à F.B., 5-6 décembre 1912, O.C. IV, p. 128.

2. O.C. IV, pp. 833-881.

GREGOR SAMSA, C'EST MOI

Pourquoi en effet un proverbe somme toute banal a-t-il trouvé un tel écho en lui ? En raison de la crispation spécifique que provoquent toujours chez Kafka les formules toutes faites et le langage métaphorique ? Il aurait pu s'en amuser, ou s'en irriter, il n'y a pas là prétexte à tant de haine spécifiquement dirigée contre son père, d'autant qu'on vient de voir ce qu'elle masquait. Il y a plus grave.

Son père semble avoir éveillé, comme par résonance, une émotion qui dormait en lui depuis longtemps, qui en plusieurs occasions déjà avait transparu dans ses écrits : une émotion très spécifique à l'égard des animaux et de l'animalité.

Comment alors supporter d'être percé à jour par celui qu'on déteste — ou croit détester — le plus au monde, découvrir à l'intensité de son émotion qu'il a vu juste. Pour un peu, Hermann Kafka aurait pu s'exclamer, comme le père Bendemann : « Un père n'a besoin de personne pour apprendre à voir clair dans son fils » (p. 74).

Karl Heinz Fingerhut a consacré tout un ouvrage à cette présence des animaux dans les œuvres de Kafka[1]. Dans son *Journal*, Kafka évoque fort souvent des animaux, tantôt une taupe (bien avant « Le Terrier »), un chat, un insecte. Il a pour eux tous la même qualité de regard que pour les êtres humains. Il se met toujours à leur place, même si c'est plus implicite que dans *La Métamorphose*. Ainsi de ces chats, évoqués en septembre 1912 :

« La meilleure méthode pour tuer les chats qui ont la vie dure : on leur écrase le cou dans une porte fermée et on tire sur la queue[2]. »

Des métamorphoses de l'homme en animal (ou l'inverse), on en rencontre de nombreuses dans les textes de Kafka, plus ou moins développées, et aussi bien dans des textes littéraires (dans aucun de ceux qu'il a publiés jusqu'alors) que dans ses écrits autobiographiques (que personne d'autre que lui n'a lus, et surtout pas son père).

Déjà, dans un récit inachevé, « Préparatifs de noce à la campagne », rédigé en 1907, soit cinq ans avant *La Métamorphose*, un certain Édouard Raban faisait déjà l'effet d'un insecte :

« Quand je suis au lit, j'ai la silhouette

1. Karl Heinz Fingerhut, *Die Funktion der Tierfiguren im Werke Franz Kafkas offene Erzählgerüste u. Figurenspiele*, 1969. Sur *La Métamorphose*, voir pp. 262 et suiv.

2. J., 18 septembre 1912, O.C. III, p. 292.

d'un gros coléoptère, d'un lucane ou d'un hanneton je crois [...] La grande silhouette d'un coléoptère, oui. Puis je m'arrange pour faire croire qu'il s'agit d'un sommeil hivernal et je presse mes petites pattes contre mon abdomen rempli. Et je susurre un petit nombre de mots [...][1]. »

Mais ce n'était qu'une rêverie passagère, évoquée sur le mode plaisant, faite par un homme debout dans la rue, une métaphore à peine filée. Dans *La Métamorphose*, la nouvelle apparence de Gregor n'a pas cette fugacité, il est un cancrelat et non une illusion ou un reflet.

Après *La Métamorphose*, « Les Recherches d'un chien[2] » et « Communication à une Académie » (A.F., p. 154) s'inscrivent dans une logique inverse, où c'est l'animal qui s'humanise : le chien est un chercheur scientifique parmi ses congénères, le singe qui fait sa communication s'adresse à un auditoire composé d'humains. Ces textes sont autant de variations sur le même motif, celui des rapports incertains entre humanité et animalité. « Le Terrier » demeura inédit à la mort de Kafka[3] mais l'écrivain eut le temps, avant de mourir, de réviser les épreuves de « Joséphine la cantatrice ou le peuple des souris » (A.F., p. 203). Que Kafka écrive son texte à la première personne (l'animal, au fond de son terrier, pense) ou à la troisième (la vie de Joséphine est apparemment racontée de l'extérieur, comme celle de Gregor Samsa), dans tous les cas, ces êtres sont des figures de Kafka. Il a imaginé les miaulements de Joséphine

1. « Préparatifs de noce à la campagne », manuscrit A, O.C. II, pp. 85-86, traduction de Marthe Robert. Traduction de C. David dans M., p. 214.

2. O.C. II, p. 674.

3. O.C. II, p. 738.

en mars 1924, mais dès 1910, deux ans avant *La Métamorphose* il écrivait dans son *Journal* :

« Je me suis écouté un instant de l'intérieur et j'ai perçu incidemment quelque chose comme le miaulement d'un jeune chat. Soit, ce n'est déjà pas si mal[1]. »

L'idée qu'il est lui-même le triste héros de *La Métamorphose* a été clairement suggérée par lui en diverses occasions. A Oskar Baum, à l'été 1923 (il lui reste bien peu à vivre), il fera ce bilan :

« Moi aussi j'ai essayé dans mon impuissance, mais plutôt que d'aller à tâtons vers une table de travail, j'ai préféré me cacher sous le sofa, où on peut toujours me trouver[2]. »

A Milena, en mai 1920, il décrira l'agonie d'un scarabée, retourné sur le dos, désespéré, auquel manifestement il s'identifie (lui est allongé sur sa chaise longue). Pour n'avoir pas été explicitée, l'identification n'en est pas moins évidente[3].

Qu'il soit ce parasite — ou du moins qu'il ait été considéré comme tel par son père — apparaît clairement dans la fameuse « Lettre à son père ». Kafka y imagine son père répondant en ces termes à une attaque de sa part :

« Je t'accorde que nous luttons l'un contre l'autre, mais il y a deux sortes de combats. Le combat chevaleresque [...] et le combat du parasite qui non seulement pique, mais encore assure sa subsistance en suçant le sang des autres. Ce dernier est celui du vrai soldat de métier, et voilà ce que tu es[4]. »

1. J., 17-18 mai 1910, O.C. III, p. 8.

2. L. à Oskar Baum, été 1923, O.C. III, p. 1215. O. Baum est l'auteur d'un récit, *Le Monstre*, où l'on voit une bête qui rampe sous le sofa.

3. L. à Milena, début mai 1920, O.C. IV. p. 895.

4. « Lettre à son père », 1919, O.C. IV, p. 880.

La « Lettre à son père » revient sur le proverbe des chiens et des puces[1] et donne d'autres exemples de cette présence des animaux dans le langage paternel : « Tu es un gros cochon » (à son fils), « Je te déchirerai comme un poisson » *(id.)*, « Qu'il crève ce chien malade » (en parlant d'un commis tuberculeux).

Si Gregor Samsa, à la différence d'Édouard Raban, n'a pas repris pied parmi les hommes, c'est qu'il ne dispose bientôt plus d'aucun moyen de se faire comprendre. En 1907, Raban pensait à voix haute. En 1910, Kafka ne se croyait plus capable que d'un modeste miaulement. Or Gregor Samsa perdra très tôt la capacité, par des mots ou même seulement par des cris, à communiquer avec les hommes. Il est alors absolument muet, nous seuls, lecteurs, pouvons connaître ses pensées et donc la part d'humanité qui demeure en lui. Au moins Elephant Man, le personnage-titre du film de David Lynch, est-il encore capable, quelle que soit sa monstruosité physique, de se défendre des agressions par ce cri : « Je suis un homme ! » L'obstacle du langage est, pour Gregor, d'une autre épaisseur que les murs de sa chambre...

Mais ce qui caractérise l'animal en quoi Gregor s'est métamorphosé n'est pas seulement son impossibilité à communiquer avec les humains : Gregor s'est transformé en une « vermine » ou un « cancrelat[2] ». Dans son texte, Kafka n'a pas masqué, bien au contraire, combien cet animal est « répu-

1. *Id.,* p. 840 et, pour les citations suivantes, pp. 842, 844 et 852.

2. Sur le problème posé par la traduction de « Ungeziefer », voir l'analyse de C. David, O.C. II, p. 901.

gnant » : il emploie lui-même le mot pour désigner, sinon l'animal, du moins son histoire[1]. Le texte par endroits est d'un réalisme frappant quand il nomme par exemple la saleté de la chambre de Gregor et d'abord « la substance collante que sécrétait ses pattes » (p. 93) ou « le liquide brunâtre [qui] lui sortait de la bouche [et] coulait goutte à goutte sur le sol » (p. 94).

Ce qui relie Kafka à l'animal n'est donc pas seulement d'ordre intellectuel — la capacité ou non à communiquer — mais plus immédiat, à la fois physique et moral, et Kafka est conscient d'écrire pour se libérer de cette part en lui qui lui répugne. Au moment même où il compose *La Métamorphose*, il en a témoigné clairement :

« Plus j'écris, plus je me libère [...] Il y a encore en moi beaucoup de choses à rejeter, et les nuits ne seront jamais assez longues pour cette occupation[2]. »

Il avait d'abord cru écrire pour s'épancher, il souhaite en fait cette « purgation des passions » qu'on connaît depuis Aristote. Mais en même temps — il faut lire la citation jusqu'au bout —, Kafka observe combien est « voluptueuse au plus haut degré » cette occupation qui le met au contact de ce qui est « répugnant » en lui, et qu'il assume donc comme étant sien. L'« envie folle » que Kafka avait eue de « transcrire » son histoire ne ne fonde donc pas seulement sur un désir de pureté mais aussi sur son contraire[3].

1. « Quelle histoire excessivement répugnante, celle que je viens une fois de plus de pousser de côté pour me remettre en pensant à toi », L. à F.B., 23-24 novembre 1912, O.C. IV, p. 81.

2. *Id.* Dans le *Journal*, dès 1909, Kafka (« Des écrivains parlent pestilence », « Schriftsteller reden Gestank ») semble penser que toute littérature se meut nécessairement dans l'ordure (O.C. III, p. 5 et commentaire de C. David p. 1318).

3. Dans le *Journal* de Kafka, surtout dans sa version non censurée, on voit Kafka « sensible à la beauté masculine, attiré et repoussé par l'abject » (Helga Finter, *L'Infini*, *op. cit.*, p. 14).

ASSUMER LE CANCRELAT EN SOI

La faim, que Gregor a grande, ne lui a pas fait boire le lait « qui était autrefois sa boisson préférée » (p. 102), ce qu'on savait autour de lui, mais au contraire il « avale goulûment » un fromage qu'il avait déclaré immangeable l'avant-veille (et qu'apparemment les autres membres de la famille ont laissé aussi). Métamorphose de ses goûts ? C'est postuler que ses goûts et dégoûts anciens étaient aussi affirmés qu'ils semblaient à tous et à lui-même. Et pourquoi pas découverte de ses goûts réels, jadis refoulés par mimétisme, maintenant assumés ?

On voit la gravité d'une telle découverte. *La Métamorphose* est proche en cela de ce qui peut se lire dans *Le Verdict* : Kafka croyait écrire sa nouvelle œuvre pour être « plus pur et plus digne de Felice[1] », or son texte l'informe de l'impossibilité d'échapper à cette part de lui-même, abjecte mais voluptueuse. Ou bien faut-il écrire « voluptueuse parce qu'abjecte ». Comment Felice pourrait-elle admettre[2] ?

Une sœur peut-être. Dans la nouvelle, c'est Grete qui demeure le plus longtemps attentive aux désirs de Gregor, elle qui a d'abord compris ses goûts. Mais une étrangère ! Comme dans *Le Verdict*, le « cercle de sang » dessine une clôture : le texte dit clairement la force du lien du frère et de la sœur (de l'une à l'autre, les ordures dont il avait envie, de l'un à l'autre, les leçons de violon au Conservatoire), et donc l'infériorité de

1. Dans cette même lettre à Felice de la nuit du 23 au 24 novembre 1912, après la phrase sur le caractère répugnant de ce qu'il écrit, et juste avant l'aveu du plaisir qu'il y prend.

2. « L'abjection [est] la vérité de l'œuvre de Kafka », Jacques Morissette, *op. cit.*, p. 98.

tout autre lien avec une quelconque fiancée. L'importance de Grete dans la nouvelle est à la mesure de l'impossibilité de Kafka à être aimé de Felice.

Le drame naît de l'interdit de l'inceste. On a bien sûr remarqué dès longtemps la force de l'amour de Gregor pour sa sœur et le caractère incestueux de cet amour qui l'amène à tirer sa sœur « par sa jupe pour lui faire comprendre qu'elle devait venir dans sa chambre avec son violon, car personne ne saurait profiter de sa musique autant qu'il s'apprêtait à le faire » (p. 136). Le motif avoué : lui confier son projet de l'envoyer au Conservatoire. Le but réel ?

« Émue par cette déclaration, elle fondrait en larmes et Gregor se redresserait jusqu'à la hauteur de son épaule et l'embrasserait dans le cou que, depuis qu'elle travaillait au magasin, elle gardait nu, sans col ni ruban » (p. 137).

C'est bien connu, les animaux ignorent l'interdit de l'inceste. Le rapprochement avec une note du *Journal* souligne le rapport entre fiction littéraire et autobiographie :

« 15 septembre : fiançailles de ma sœur Valli. Amour entre frère et sœur — répétition de l'amour entre le père et la mère[1]. »

1. J., 15 septembre 1912, O.C. III, p. 291. La tentation est grande ici d'« expliquer » le passage de la nouvelle par référence à une pulsion incestueuse mais aucun autre texte que la mention du *Journal* et cet épisode de *La Métamorphose* ne vient corroborer cette hypothèse.

LA MORT DU DÉSIR

La misère sexuelle de Gregor semble évidente quand on voit ce grand adolescent réduit à découper des gravures de belles dames dans les magazines pour en décorer sa chambre. Sa métamorphose est heureuse en ce qu'elle lui a fait oser une fois au moins en sa vie, avec sa sœur, un beau rêve d'amour.

Gregor, à aucun moment, n'évoque un projet de mariage que sa métamorphose aurait rendu impossible et tout porte à croire qu'il n'en a jamais éprouvé le désir. Le regret n'en apparaît pas. Il regrette de n'avoir jamais eu « de relations durables ni cordiales avec personne », est prompt à en rendre son travail responsable (p. 80). Il a seulement eu des aventures sans lendemain, comme avec « une femme de chambre dans un hôtel de province » (p. 129). Encore une fois, ce que nous prenions pour métamorphose n'est que révélation de sa nature : ce n'est pas sa métamorphose qui l'empêchera à jamais d'épouser une femme, son absence d'un tel désir était première et la métamorphose n'a fait que l'objectiver. Cela est grave vis-à-vis de Felice. Si elle avait su lire *La Métamorphose*, et de même *Le Verdict*, elle aurait pu y lire son avenir : jamais elle ne sera Mme Franz Kafka. Le texte semble raconter par avance l'échec de leur propre liaison quand Gregor se souvient de « la caissière d'une chapellerie, à laquelle il avait fait sérieusement, mais trop lentement, la cour » (p. 129).

Le commentaire de Kafka, déjà cité, à propos de la fin de sa nouvelle, le dit aussi. A Felice à qui il annonce qu'il vient de composer le passage de la mort de Gregor, il écrit : « Si cela peut te consoler, sache qu'il

Baignade. Gravure sur bois de Max Pechstein parue dans *Der Sturm*, 1912. Ph. Éditions Gallimard est mort assez paisiblement et réconcilié avec tous[1]. »

1. L. à F.B., 5-6 décembre 1912, O.C. IV, p. 128.

« Tous » ? Le mot ici désigne les membres de la famille. En réalité Felice ne devrait rien trouver de consolant à cette réconciliation qui l'exclut.

KAFKA ET LA PSYCHANALYSE

La tentation est grande de systématiser cette plongée dans le subconscient de Kafka au-delà de ce qu'il en avait lui-même perçu, et ceci d'autant que, du rêve de « L'homme aux loups » à la névrose obsessionnelle de « L'homme aux rats », du petit Hans qui a tellement peur des chevaux à la métamorphose des cousins d'Anna en papillon, la psychanalyse a, comme Kafka, son bestiaire. Les thèmes œdipiens sont évidents dans *La Métamorphose*, la sexualité omniprésente.

Ce qu'on appelle en psychanalyse « dénégation » semble correspondre assez exactement à ce qu'on croit pouvoir observer dans la nouvelle. Chaque terme de la définition semble concerner la haine de Kafka pour son père :

« Dénégation : procédé par lequel le sujet, tout en formulant un de ses désirs, pensées, sentiments jusqu'ici refoulé, continue à s'en défendre en niant qu'il lui appartienne[2]. »

2. J. Laplanche et J.-B. Pontalis, *Vocabulaire de la psychanalyse*, P.U.F., 1967, 1984, p. 112.

Le texte dit très clairement du « bas du corps » de Gregor, de la « partie inférieure de son corps », qu'il l'a d'abord ignorée : il

« ne l'avait encore jamais vue et [...] ne parvenait pas à [s'en] faire une idée précise ». Il découvre accidentellement qu'elle « était peut-être [...] la plus sensible » (p. 84), d'où des « douleurs dans le bas-ventre » (p. 92). Il a observé que ces douleurs cessent — du moins « il n'y prêtait plus d'attention » — quand il se préoccupe de répondre au fondé de pouvoir : objectivement, son travail le détourne de la sexualité. Ses loisirs aussi d'ailleurs, puisque « sa plus grande distraction, c'est un peu de menuiserie » (pp. 88-89), comme la fabrication d'un beau cadre « accroché dans sa chambre »... Gregor y a « installé » une dame : cette image très sexualisée (son avant-bras disparaît tout entier dans un lourd manchon de fourrure) est par son cadre très clairement coupée du monde (p. 80).

L'amour de Gregor pour sa mère est tout à la fois aussi pur que celui qu'on a pour une icône, et en même temps fort trouble. L'image au mur de sa chambre a aussi ce double caractère : elle est image, mais Gregor, quand il se presse sur le verre qui adhère contre lui, sent sa fraîcheur « qui fait du bien à son ventre brûlant ». Le corps de sa mère, son corsage, ses jupons, l'émeuvent chaque fois qu'il les aperçoit. Ses craintes ou regrets d'effrayer sa mère sont constants, craintes aussi de commettre ou d'avoir commis une faute qui serait mortelle : Gregor derrière sa porte, n'entendant plus sa mère, pense que peut-être elle était près de mourir « par sa faute » (p. 121). Son dernier regard est pour elle, et c'est un regard qui peut se lire comme une caresse : il « frôla sa mère, qui était maintenant tout à fait endormie » (p. 142).

Quand Mme Samsa, en chemise, court vers son mari, perd ses jupons l'un après l'autre, trébuche sur ses vêtements, se jette sur le père, le saisit et enfin, « ne faisant plus qu'un avec lui », joint les mains derrière la tête du père (p. 129), il est tentant de penser à une « scène primitive ». Les yeux de Gregor cessent de voir clair précisément à ce moment : le traumatisme semble évident. Le lit conjugal défait, si la mention en apparaît dans la nouvelle, a d'abord été aperçu par Gregor[1].

Mais quand, à la fin de la première partie, le père lance « par-derrière » un coup qui déchire Gregor, coincé dans la porte, et le projette dans sa chambre où il perd son sang en abondance dans un demi-coma, est-il inévitable d'y voir la symbolisation d'un *coitus per anum* et d'en inférer que toute *La Métamorphose* est l'histoire d'une « régression à la phase anale » ? Et quel rapport entre des pommes lancées sur un cancrelat et une scène de castration[2] ? Le rapprochement semble assez arbitraire. De même, il semble difficile de lire *La Métamorphose* comme un « roman familial » : s'il est un fait qu'à aucun moment Gregor ne met en doute, c'est bien la force de ce « cercle de sang », nommé à propos du *Verdict*, qui lie dans les œuvres de Kafka les pères et les fils.

Le nom de « Samsa » est à l'évidence le doublet de « Kafka ». Nul besoin d'être psy-

1. M., p. 143, quoique Gregor soit censé être mort à ce moment du récit.

2. Hellmuth Kaiser, « Franz Kafkas Inferno. Eine psychologische Deutung seiner Strafsphantasie », *Imago*, 1937, pp. 41-103, repris dans « Franz Kafka », *Wege der Forschung*, n° 322, 1973, pp. 69-142.

chanalyste pour voir le rapport. Gregor veut-il inconsciemment se substituer à son père ? Hellmuth Kaiser, quand il l'affirme, s'appuie-t-il vraiment sur le texte ou a-t-il plaqué sur lui un schéma freudien *a priori* ? Il écrit :

« La métamorphose du fils représente [...] une conversion interne des pulsions. C'est une sorte d'autopunition pour la tentation de faire concurrence au père[1]. »

1. H. Kaiser, cité par C. David, O.C. II, p. 910.

L'analyse psychanalytique semble négliger ce qui, dans le texte, rend compte pourtant clairement des raisons objectives qui ont amené Gregor à remplacer son père chez le même employeur. Certes Gregor travaillait, et non son père, mais le texte dit très clairement qu'il admettait mal cette situation, qu'il ne travaillait que parce qu'il y était obligé pour une dette contractée par le père à l'égard de leur employeur commun. Si le père ne travaillait plus, le fils n'y était pour rien.

Alors que la psychanalyse croit voir dans *La Métamorphose* une révolte contre la hiérarchie familiale naturelle, le texte peut au contraire se lire comme une protestation de Gregor contre sa situation, au nom d'une sorte de droit naturel des enfants à être entretenus par leurs parents. Sa situation de soutien de famille est contre nature : depuis quand est-ce que ce sont les enfants qui travaillent pour faire vivre les parents ? Ce qui fut une pratique ancienne dans le cas de parents âgés ou malades, avant les systèmes de protection sociale, ne se justifie pas ici : on l'a vu, le père n'est pas malade, pas plus d'ailleurs qu'il n'est pauvre et quand il voudra travailler, il trouvera aisément un emploi (cette société apparemment ignore le chômage). Si cela demande quelque temps, il dispose d'un petit capital.

S'il y a conflit, il résulte du fait que le père vivait objectivement en parasite. Voilà qui contredit absolument la lecture psychanalytique : celle-ci imagine que le fils a jadis pris la place du père et que la métamorphose est son châtiment. Il faudrait au contraire imaginer la métamorphose comme étant non le châtiment d'une rébellion mais la rébellion elle-même, fondée en droit, contre un père qui a failli trop longtemps à ses devoirs. Comme l'a écrit Claude Prévost, si « les psychanalyses de Kafka sont décevantes », c'est qu'elles sont, comme les interprétations thématiques ou philosophiques, « victimes du préjugé allégorique » :

« Le texte littéraire n'y apparaît que comme un effet, un peu comme la projection inerte d'un " sujet " qui serait sa cause première et qui lui dispenserait la " vérité " et le " sens ". Le texte de Kafka est ainsi déduit de l'examen du sujet névrotique[1]. »

Une autre difficulté naît de ce que Kafka avait lui-même conscience du conflit qui l'opposait à son père. Certes cela ne suffit pas à le soustraire aux lois qui régissent ce conflit, mais dans *Le Verdict* et *La Métamorphose*, de même que dans son *Journal* et ses lettres, il mène si loin l'exploration de ses sentiments paradoxaux qu'il semble

1. C. Prévost, *op. cit.*, p. 17.

être son propre analyste. D'où cet autre paradoxe : son œuvre relève tellement d'une lecture psychanalytique que l'intervention du spécialiste apparaît au mieux comme réductrice, au pire comme arbitraire.

Que Kafka ait lu Freud, qu'il y ait pensé à propos du *Verdict*[1] ne retire rien à ces réserves. *La Métamorphose* a été, par un certain Docteur Wilhelm Steckel, dès 1917, évoqué dans un de ses ouvrages de psychanalyse à propos du cas d'un homosexuel qui se croit poursuivi dans son lit par d'innombrables punaises et finalement se transforme lui-même en punaise. Nommant Kafka et sa nouvelle, qu'il considère comme un rêve, il lui donne une signification sadique[2].

Ayant eu connaissance des cinq lignes le concernant dans l'ouvrage, Kafka obtint d'un de ses amis qu'il les lui envoie. On ne sait comment il faut prendre l'ironie qui transparaît dans sa lettre : vise-t-elle seulement l'auteur du livre ? Kafka en dit qu'il « fait de la petite monnaie avec l'œuvre de Freud[3] » ? Ou vise-t-elle la psychanalyse elle-même ?

1. « Freud natürlich ». Voir Dossier, p. 232.

2. L'ouvrage, paru en 1917, s'intitule *Troubles de la vie instinctive et affective (Onanisme et homosexualité).*

3. L. à Felix Welsch, 22 septembre 1917, O.C. III, p. 803.

FAMILLE ET SOCIÉTÉ

L'acuité des problèmes strictement personnels qui se posent à Kafka et qui, en s'imbriquant, semblent avoir produit une situation irréductible à toute autre, exclut-elle une lecture socio-économique de l'œuvre ? Et si l'aliénation qui caractérise Gregor trouvait son origine dans son rapport à l'argent et au monde du travail ?

« Quel métier exténuant j'ai donc choisi ! » (p. 80). « Les ennuis professionnels » de Gregor Samsa, quand le travail a cessé de le divertir, lui viennent aussitôt à l'esprit. La métamorphose de Gregor Samsa est-elle l'image d'une aliénation induite par la société ? L'infrastructure économique est-elle aussi déterminante qu'on dit ? Est-ce la société — toute société — qui est en cause, ou bien la société capitaliste ?

Le propos sera explicite dans un film comme *Elephant Man*, la métamorphose du personnage est, à l'écran, clairement rapportée à un univers placé sous le signe de la machine et de la vapeur. Rien de tel ici : il va s'agir encore une fois d'une des lectures possibles de l'œuvre mais non de son « dernier mot ».

Quand le fondé de pouvoir élève la voix pour reprocher à Gregor Samsa de « négliger ses obligations professionnelles », évoque l'hypothèse d'un détournement de fonds, critique la médiocrité du montant des ventes réalisées par l'employé, on a la confirmation que Gregor avait des raisons objectives de mal supporter l'ambiance qui devait régner dans l'entreprise. Sa métamorphose est heureuse en ce qu'elle a notamment pour effet d'amener la hiérarchie, par-delà sa civilité de façade, à révéler combien elle est inhumaine (c'est elle qui est monstrueuse).

Tout le début du texte prouve la relative

conscience que Gregor a de son exploitation : s'il ne doit pas positivement être mal payé, il dit qu'on aurait tort d'imaginer qu'il gagne un argent fou (p. 96). Il a par contre clairement conscience de la médiocrité de ses conditions de travail mais aussi des frustrations qui en résultent dans sa vie privée.

LA GRÈVE !

Walter H. Sokel, en parlant de la « grève » de Gregor, semble souligner combien, du *Verdict* à *La Métamorphose*, on peut observer un élargissement du propos de Kafka à des préoccupations collectives :

« *Le Verdict* était simplement l'acte d'autopunition d'une rébellion dans laquelle le fils avait tenté de supplanter le père ; tandis que *La Métamorphose* est une autopunition qui est en même temps une rébellion, ou plus exactement une " grève " [...] La métamorphose délivre Gregor définitivement de toute corvée[1]. »

Mais Gregor Samsa est un gréviste honteux qui élude autant que faire se peut le conflit avec sa hiérarchie. Sa métamorphose est un moyen oblique de ne pas l'affronter. Sa révolte est individuelle (rien là d'une « cessation concertée du travail »), elle échappe au schéma théorique de la lutte des classes. « La métamorphose fonctionne pratiquement comme une fuite devant la responsabilité, le travail et le devoir[2]. »

1. W. H. Sokel, *op. cit.*, p. 67. Sokel évoque ailleurs (« Franz Kafkas Verwandlung : Auflehnung und Bestrafung », *Wege der Forschung*, CCCXXII, 1973, p. 272) un pacte faustien de Gregor avec le diable pour s'affranchir d'un métier détesté, à propos de la formule « Le diable emporte le métier » (M., p. 80).

2. W.H. Sokel, *op. cit.*, p. 67.

En contradiction avec un schéma qui voudrait que la prise de conscience précède le déclenchement d'un conflit, ici la métamorphose lui est antérieure, subie par l'employé qui s'en excuse et se confond en civilités (p. 91). Il demeure ainsi, même quand le conflit est là, prisonnier de représentations archaïques et patriarcales et imagine — comme son patron — l'entreprise sur le modèle de la famille.

L'entreprise commerciale qui emploie Gregor ne mime que de très loin les entreprises industrielles. Si le « fondé de pouvoir » (« Prokurist ») est déjà ce qu'on appellera plus tard un cadre supérieur (et non pas un « gérant », comme l'a cru le premier traducteur du texte), il se déplace en personne au domicile de son employé au moindre retard.

La prise de conscience n'est pas ici le fait d'un homme révolté. C'est le corps de Gregor qui a dit non et a pris l'initiative. L'employé de commerce a été amené malgré lui à réaliser quelle était sa vie. Le propos est cohérent : c'est le schéma qui postule une improbable prise de conscience spontanée de la part d'un individu aliéné qui est contradictoire.

De plus, que Gregor en soit conscient ou pas au début de sa « grève », son désir de changer de condition ne tient pas seulement à ses conditions de travail dont l'entreprise serait responsable : ce désir s'affirme aussi, voire d'abord, contre sa famille. Un tel fondement moral, personnel, subjectif, des conflits sociaux est en général mal pris en compte par les analystes. Il est ici déterminant.

Ce n'est pas le fait que la société soit fondée sur le profit qui est ici cause d'exploitation et d'aliénation, c'est bel et bien l'égoïsme et la brutalité que dissimulaient mal les conventions sociales, y compris et d'abord au sein des familles. Ce n'est donc que très métaphoriquement qu'on peut voir en Kafka une image de prolétaire victime de l'exploitation capitaliste. Wilhelm Emrich voit pourtant dans la métamorphose de Gregor « la conséquence parfaitement claire et artistiquement légitime du processus d'aliénation et de chosification[1] ». Kafka, selon H. Hillmann, aurait intériorisé et déguisé en drame privé une critique de la société[2].

Libre au lecteur de lire ainsi *La Métamorphose*, et d'imaginer de sa part une intention si « intériorisée » que, ni explicitement dans son texte, ni ultérieurement dans les commentaires, il n'en fit état. On a sans doute exagéré les préoccupations politiques de Kafka quand on a vu dans *L'Oublié* une critique de la société américaine, donné trop d'importance au fait qu'il avait des amis dans des milieux politisés.

Il est assez abusif de s'appuyer sur le fait que Kafka se soit rendu dans le faubourg de Prague où se trouvait l'usine d'amiante et y ait pu approcher la classe ouvrière pour en conclure qu'il ait été ému de son exploitation. Quand il évoque les ouvrières à leur poste de travail, c'est plus en artiste : ainsi « les filles sanglées dans leur tablier

1. Wilhelm Emrich, *Franz Kafka*, 1958, p. 121.

2. H. Hillmann, *Franz Kafka, Dichtungstheorie und Dichtungsgestalt*, 1964, réédition 1973, pp. 196 et suiv., cité par C. David, O.C. II, p. 891, n. 1.

de cuir » aperçues chez Löwy et Winterberg, « emmaillotées comme un poupon », sont prétexte à une « impression sensuelle », et non à une réflexion sur l'aliénation[1].

1. J., 11 novembre 1911, O.C. III, p. 154.

Les considérations financières abondent dans le texte, surtout dans la première partie, elles sont en rapport avec une mystérieuse « dette » du père à l'égard de l'employeur même qui maintenant exploite le fils. Mais celle-ci ne devient la dette du fils qu'en raison d'une solidarité morale entre eux. C'est la rupture d'une telle solidarité que le texte raconte, la grève met en présence très provisoirement l'employé et l'employeur qui apparemment accepte sans difficulté la rupture du contrat : il n'en sera bientôt plus question dans l'œuvre.

DIE SCHULD

Il est probable qu'on passe à côté d'une des dimensions du texte quand on se borne à considérer la « dette » contractée par le père, et que le fils doit rembourser, en termes exclusivement financiers. La polysémie du mot allemand qu'on traduit par « dette » autorise à envisager entre le père et le fils une solidarité d'un tout autre ordre : « die Schuld » en français, c'est aussi la « faute », la « culpabilité », et Kafka emploie le mot avec ce sens dans *La Métamorphose* même, notamment quand Gregor craint que, « par sa faute », sa mère ne soit en train de mourir (p. 121, « die durch seine Schuld vielleicht dem Tod nahe war »).

Que faudrait-il entendre par la « faute » du père ? Pourquoi est-ce un sujet tabou (le texte n'en dit rien) ? Pourquoi le père doit-il une somme d'argent à son ancien employeur ? S'il s'agissait d'un « prêt patronal » à rembourser, pourquoi le père ne travaille-t-il plus chez son patron ? Aurait-il été licencié ? A-t-il spontanément démissionné ? L'y a-t-on contraint ? Il y a là tout un non-dit qui autorise à imaginer un scandale qu'on veut taire.

Expliquer que le père ne travaille plus pour raison de santé ne tient pas. Quand il le voudra bien, il trouvera un emploi qui n'a rien d'un emploi réservé pour handicapés. De même l'hypothèse du licenciement économique serait anachronique car, manifestement, cette société ignore le chômage : quand il le voudra bien, le père pourra trouver, mais ailleurs, un emploi, de même que son épouse et sa fille. Les crises de l'après-guerre, notamment celle dont Kafka connaîtra personnellement les effets à Berlin en 1923, sont encore éloignées dans le temps.

UNE ENTREPRISE FAMILIALE

La connaissance que l'on peut avoir des relations à l'intérieur même de la famille Kafka confirme la double nature, financière et morale, de la pression exercée par Hermann Kafka sur son fils, pour le contraindre de s'occuper de l'usine d'amiante où l'un et l'autre ont des intérêts.

Les reproches du père Kafka, malade, à son fils, coupable de ne pas se rendre à l'usine aussi souvent que nécessaire, sont clairement évoqués dans le *Journal*[1]. Au moment même où Kafka compose *La Métamorphose*, il lui faut s'interrompre souvent pour se rendre à Zizkov. Ce qui jadis se supportait encore plus ou moins bien (les reproches du père sont anciens) devient insupportable quand ce temps consacré à l'usine, en plus du travail de bureau, perturbe la belle organisation que Kafka avait imaginée et qui lui permettait d'écrire, et ceci d'autant plus que depuis la nuit du *Verdict*, Kafka a la preuve de sa capacité à composer l'œuvre qu'il porte en lui.

Il y a dès lors quelque chose de monstrueux à faire pression sur lui pour qu'il s'y rende, voilà la vraie « faute » du père, fondée sur un refus ou une impossibilité d'admettre son fils tel qu'il est.

Mais Kafka regrette de s'être laissé associer financièrement à cette entreprise. Cela est d'autant plus grave qu'il semble que l'argent que Kafka a mis dans cette affaire, il l'avait emprunté à son père[2]. Il regrette de s'être laissé imposer d'y aller tous les après-midi. Il voudrait ne plus s'y rendre. Voilà la faute du fils. Circonstance aggravante :

« Il est vrai que personne ne m'y contraint de vive force, mais je me trouve contraint par les reproches de mon père, par le silence de Karl [le directeur de

1. Par exemple, J., 14 et 28 décembre 1911, O.C. III, pp. 181 et 203.

2. Selon C. David, *Franz Kafka*, 1989, p. 111.

l'usine, son beau-frère] et par mon propre sentiment de culpabilité[1]. »

Ce sentiment est insupportable, mais l'usine l'est tout autant : la métamorphose en cancrelat est le moyen imaginé pour échapper à l'usine et au remords né d'une querelle. Ce moyen a même l'avantage de ne pas culpabiliser l'entourage, ce qu'aurait immanquablement provoqué... un suicide : plusieurs fois déjà dans le passé, Kafka en avait secrètement été tenté et en octobre 1912, il avait bien failli sauter par la fenêtre[2]. Dans de telles conditions, l'écriture ne l'a pas tant libéré qu'elle ne lui a d'abord permis de survivre, telle était l'urgence.

L'idée d'une dépendance économique est donc venue se surajouter à une dépendance « naturelle » à l'égard de son père. Il serait donc abusif de voir dans la dénonciation de la société (et à plus forte raison, de la société capitaliste), ce qui n'est en fait pour Kafka que l'expression, comme dans *Le Verdict*, du combat indéfiniment répété avec son père. L'acuité en a été aggravée par la communauté relative de leurs intérêts financiers, mais non engendrée par elle.

Même si telle avait été la première idée de Kafka, force est d'observer que la nouvelle l'a contraint à aller bien au-delà et à accueillir dans son œuvre l'écho de problèmes de tous ordres qui étaient les siens.

1. J., 28 décembre 1911, O.C. III, p. 203.

2. Voir la lettre à M. Brod, 8 octobre 1912, O.C. III, p. 694, et le témoignage de ce dernier dans *Franz Kafka, Souvenirs et Documents*, *op. cit.*, pp. 147-148.

UN CONCERT SPIRITUEL

De l'incapacité de Gregor à comprendre le monde, on avait induit l'idée de son absurdité, ou du moins de sa non-interprétabilité, ce qui était abusif. Cette même incapacité a amené plusieurs critiques à envisager *La Métamorphose* comme une parabole religieuse.

Une telle lecture tire sa vraisemblance du mystère qui s'attache à un épisode auquel on est porté à attacher une importance déterminante puisqu'il va précéder immédiatement la mort de Gregor : pour la troisième fois, Gregor sera repoussé dans sa chambre. Le nombre trois, comme dans beaucoup de rituels, suggérait déjà que tout était accompli. Les portes, après les deux précédents incidents, s'étaient rouvertes : le fait que la porte cette fois ait été « verrouillée et fermée à double tour » (p. 142) suggère aussi que la fin est proche, d'autant que la clef, contrairement au début de la nouvelle, est maintenant à l'extérieur. Pour Gregor comme pour le lecteur, la réponse au « Et maintenant ? » est évidente : Gregor va mourir et de fait, il meurt à la page suivante.

La troisième partie semble culminer dans une expérience apparemment mystique, une « révélation ». C'est l'épisode du violon qui va la provoquer (en même temps qu'il provoque la catastrophe : dans *Le Verdict*, déjà, le dévoilement d'une vérité trouvait sa sanction dans la mort). Gregor ne comprenait rien à la musique, or le voilà invinciblement attiré par le violon dont joue sa sœur : « N'était-il qu'une bête, si la musique l'émouvait pareillement ? » (p. 136).

Entendant les autres manger, il avait pris conscience d'un appétit en lui, mais pas pour ces choses-là qui se mangent avec des dents (que d'ailleurs il n'a plus). Un soir, « on joua du violon dans la cuisine » — le lieu n'est pas indifférent —, la musique l'attira au point qu'il oublia de demeurer dans l'ombre de sa chambre. « Il avait l'impression que s'ouvrait devant lui le chemin de la nourriture inconnue à laquelle il aspirait si ardemment » (p. 136).

Ce thème de la « nourriture inconnue » est totalement inattendu car on ne soupçonnait pas de semblables exigences spirituelles chez un médiocre voyageur de commerce. Elles apparaissent ici pour la première fois dans toute l'œuvre de Kafka. Sa résurgence dans des œuvres ultérieures oblige certes à en envisager l'importance. « Les Recherches d'un chien » et « Un artiste de la faim » en particulier l'aborderont[1] mais beaucoup moins allusivement. De plus, dix ans séparent ces deux textes, écrits en 1922, de *La Métamorphose* : il n'est pas sûr que le thème soit partout traité dans le même esprit.

L'artiste de la faim dira les raisons de son jeûne : « Parce que je n'ai pas pu trouver d'aliment qui me plaise. » Comme Gregor, il mourra peu après cet aveu. « De quoi la société des chiens se nourrit-elle ? » se demande le chien chercheur[2]. Lui aussi jeûne parce qu'il ne peut pas faire autre-

1. Tous deux composés en 1922, le second seul ayant été publié par Kafka (A.F., pp. 201-202).

2. O.C. II, p. 683.

ment, parce qu'il n'est d'autre nourriture vraie que spirituelle, d'où l'intérêt de la théorie selon laquelle le chant serait « capable de descendre la nourriture sur terre ».

Le violon dont joue Grete — mais cela n'apparaît pas déjà aussi explicitement que dans « Les Recherches d'un chien » — peut-il de même faire tomber la manne céleste ? On a pris au sérieux cette équation : musique = religion, science de la musique = théologie[1].

1. N. Fürst, *Die offenen Geheimtüren Franz Kafkas*, 1956, pp. 9-15.

Le lecteur est d'autant plus poussé à rechercher quel peut bien être le sens religieux de l'histoire que certains indices ne semblent avoir été placés dans le texte que dans ce but. Ainsi du mot même par lequel Kafka désigne l'animal dans lequel Gregor s'est transformé : les traducteurs hésitent entre plusieurs mots (vermine, cancrelat, insecte), faute d'un mot qui aujourd'hui lui corresponde en français. Or ce mot, « Ungeziefer » (contraire de « Geziefer »), désigne, comme l'ancien français « atoivre » (contraire de « toivre », même origine germanique « tiber »), un animal impur et à ce titre, impropre au sacrifice rituel.

De nombreux détails peuvent sembler autoriser une lecture chrétienne de *La Métamorphose* : la référence à Noël (pp. 110 et 137), l'heure à laquelle meurt Gregor (trois heures, comme le Christ en croix), heure qu'on entend sonner au clocher voisin (p. 142). Même le mot « cloué » (Gregor est comme « cloué sur place », « wie festgenagelt », p. 124) peut très allusivement rappeler la Passion du Christ, de même le fait que le père se signe, imité de sa femme, de sa fille et de la femme de peine, à la mort de Gregor.

Mais ce qui nuit entre autres à la cohérence de cette lecture, c'est que les parents de Gregor, loin de prier pour l'âme du défunt, « rendent grâce à Dieu » de les avoir débarrassés de Gregor ! On peut de même être tenté d'assimiler à l'Épiphanie l'apparition (telle est l'étymologie du mot) des trois locataires qui entrent dans le foyer des Samsa, mais elle serait à prendre comme une parodie : pourquoi alors cette caricature des trois Rois Mages, venus non pour adorer l'Enfant-Roi (la chambre de Gregor est aussi sale qu'une étable à ce moment du récit), mais pour faire éclater le scandale ? Et où est l'or, l'encens et la myrrhe ? L'un d'entre eux « désigne de l'index » la victime prochaine (p. 137) : cette métamorphose de Mages bienveillants en complices d'Hérode laisse perplexe car elle n'est conforme qu'au début du texte évangélique (les Mages ont été envoyés à la recherche de Jésus sur l'ordre d'Hérode) mais selon Matthieu (II, 12), ils furent « divinement avertis en songe de ne pas retourner vers Hérode [et] regagnèrent leur pays par un autre chemin ».

Avec leur barbe, leur chapeau, leur air sérieux, leur sens de la hiérarchie et leur respect des rites, les trois locataires font certes penser à trois rabbins mais si Kafka leur avait fait porter une « calotte » (p. 134, « die Kappe »), et non au père, le rappro-

Deux scènes du film de Jean-Daniel Verhaeghe. Dans le rôle des parents : Madeleine Robinson et Julien Guiomar.

chement aurait été moins improbable. Celui qui désigne Gregor fait penser à Judas, comme lui il a, sinon gagné trente deniers, du moins économisé sur le prix de la chambre (qu'il ne paiera pas, p. 138). Mais qui seraient les deux autres ? Il est difficile de voir là une allusion au thème de la responsabilité juive dans la mort du Christ[1].

Cette lecture chrétienne est d'autant plus douteuse que le texte semble justifier aussi une lecture non pas chrétienne mais juive du destin de Gregor assimilé non à un cancrelat mais à une sorte de bouc émissaire : il est manifeste que son sacrifice, suite aux imprécations de sa sœur, a rendu possible le retour à la vie de ses parents, comme dans le rite juif de la fête des Expiations, à cette différence qu'ici, le cancrelat n'aurait d'émissaire que le nom : il ne sera pas, lui, chassé du territoire (« emissarius ») mais mis à la poubelle. De plus, son sacrifice n'aura concerné qu'une famille et non tout un peuple.

Pourquoi aussi est-ce une pomme que Gregor conservera « fichée dans sa chair », à l'image du péché originel ? Et cette « faute » originelle — qui n'est peut-être pas qu'une « dette », on l'a déjà dit —, commise par le père et assumée par le fils... Le problème naît de ce que ces lectures s'excluent les unes les autres, qu'elles s'appuient sur des détails, certes troublants, mais qu'elles n'initient pas une lecture globale et enrichie du texte, que même elles se heurtent à des signes clairs de leur vanité.

1. Le judaïsme de Kafka fut longtemps « engourdi » ; Isak Löwy et ses acteurs juifs orientaux, rencontrés à la fin de 1911, grâce auxquels il avait espéré le développer, ne l'intéressent que comme artistes (J., O.C. III, 6 janvier 1912, p. 216).

Ainsi de la révélation d'un monde spirituel auquel Gregor soudain aurait eu accès : elle est sans suite, elle n'a que l'apparence d'une expérience mystique. L'appétit de musique a très vite dévié, Gregor a des gestes dont le caractère incestueux n'est guère discutable. Claude David voit dans l'épisode du violon et de la « nourriture inconnue » seulement un signe de la dégradation des sentiments naturels produite en Gregor par l'imminence de la mort, ce que semblent confirmer d'autres textes de Kafka qui montrent les mêmes errances de l'instinct sexuel[1]. Le recours religieux, dans cette cohérence, serait donc moins signifiant qu'on pourrait d'abord le penser : il n'est pas né d'une inquiétude elle-même religieuse mais serait, comme l'instinct sexuel, un ultime subterfuge, une dernière expression du vouloir-vivre[2].

1. Par exemple une histoire de viol perpétrée par un malade pulmonaire, écrite en mars 1912 (O.C. II, p. 176).

2. C. David, O.C. II, p. 895.

Dans « Devant la loi », écrit en 1914, deux ans après *La Métamorphose* (et publié aussitôt, soit un an avant la nouvelle), l'« homme de la campagne » voit — ou croit voir — une lumière qui perce à travers la Porte de la Loi, une « lumière inextinguible » (A.F., p. 126). De même, le visage de chaque condamné de *A la Colonie pénitentiaire*, autre texte composé en 1914, s'illumine paraît-il à la sixième heure, au témoignage de l'officier :

« Quelle paix s'établit alors dans l'homme, à la sixième heure ! [...] Comme nous étions tous là, à recueillir l'expression d'extase sur le visage torturé, comme nous étions tous à tendre nos joues dans la lumière de cette justice enfin atteinte et déjà sur le point de s'évanouir[1]. »

Mais ce qui pourrait apparaître comme le premier signe d'une rédemption du supplicié n'est hélas, pas plus que dans *La Métamorphose*, confirmé par une observation objective des faits, bien au contraire. Un homme venu là « en voyage d'étude » témoigne :

« [Le voyageur] aperçut le visage du cadavre. [Le supplicié] avait gardé la même expression que quand il était en vie ; on ne pouvait discerner aucun signe de la rédemption promise » (A.F., pp. 104-105).

Gregor Samsa touché par la grâce ? On peut en douter :

« C'est peut-être parce qu'il n'est plus qu'une bête à l'approche de la mort que Grégoire Samsa aspire à cette nourriture inconnue : dernier sursaut qui vaut à peine mieux que le goût de l'ordure et des choses corrompues[2]. »

Gregor avait « l'impression que s'ouvrait devant lui le chemin de la nourriture inconnue » (p. 136) de même que jadis il avait eu « l'impression que son père n'était plus seul, mais que plusieurs pères s'étaient ligués contre lui » (p. 101). Le parallélisme des formules en français place à l'évidence l'épisode de la « nourriture inconnue », comme le précédent, sous le signe de l'illusion et non d'une quelconque révélation. Il est possible que la répétition exacte de la formule « avoir l'impression » en français pousse trop visiblement à ce rapprochement : dans le texte allemand, l'idée est

1. A.F., pp. 80 et 87. De la sixième à la neuvième heure de la crucifixion de Jésus, « il y eut des ténèbres sur toute la terre » (Matthieu, XXVII, 45). Kafka écrit « lumière ». Si rapport il y avait, il serait antithétique.

2. C. David, O.C. II, p. 895.

Francis Bacon : Panneau du triptyque *Memory of George Dyer*. Coll. particulière.
Ph. © Edimedia.

exprimée de deux manières différentes[1]. Le rapprochement n'en demeure pas moins vrai d'avoir été plus discrètement suggéré par Kafka : on ne peut prendre pour preuve d'une grâce prochaine ce qui n'est qu'un désir trop humain d'échapper à la mort.

Dans le même ordre d'idées, il serait aussi abusif de croire qu'une sorte de charme magique empêche effectivement le fondé de pouvoir de sortir quand on lit qu'il « battit en retraite vers la porte, mais à petits pas, *comme si* une interdiction mystérieuse l'empêchait de quitter la pièce », ou encore qu'un « secours surnaturel » peut effectivement survenir du seul fait que le fondé de pouvoir, tel du moins que le voit Gregor, « tendit la main droite loin de lui, du côté de l'escalier, *comme si* l'attendait là quelque secours proprement surnaturel[2] ». Les exclamations et autres formules toutes faites « Ah, mon Dieu » ou « Le diable emporte le métier » ne permettent pas qu'on en infère une croyance en Dieu ni au diable[3].

Ce qui peut seulement se conclure de toutes ces formules qui invoquent le surnaturel, c'est que certes elles sont très présentes dans la pensée de Gregor, mais qu'en même temps elles s'insèrent dans des constructions variées qui toutes marquent non l'adhésion mais la défiance.

La fin de Gregor n'aura rien d'un triomphe, pas plus que celle, plus tard, de l'artiste de la faim dont le cadavre sera balayé avec la paille de sa cage (A.F., p. 202). De même Gregor finira comme lui dans la poubelle : ce sont les autres qui ont

1. Avec « wie » puis « als ».

2. P. 97. Souligné par nous. Là encore, les « comme si » français correspondent à deux formulations différentes en allemand.

3. P. 80, « Ach Gott » ; quatre lignes plus bas, « Der Teufel soll das alles holen ! »

raison, du seul fait qu'ils sont vivants. Le spectacle va continuer dans le cirque où se produisait l'artiste de la faim, une « jeune panthère » l'a remplacé dans sa cage, sa « joie de vivre » est évidente et « les gardiens n'avaient pas longtemps à réfléchir pour trouver la nourriture qui lui plaisait ». De même, après la mort de Gregor, la vie reprend, comme d'ailleurs elle avait repris après la mort du fils Bendemann : à la fin de *La Métamorphose*, Grete se souvient d'avoir un corps qu'il est bon d'étirer au soleil (p. 148), ce même soleil dont on avait commencé à se rappeler l'existence au moment précis où l'on découvrait le cadavre de Gregor (p. 145).

Il n'y a rien d'édifiant dans toutes ces morts : pour avoir vécu couvert d'ulcères, comme Lazare, Gregor ne connaîtra pas la béatitude dans le sein d'Abraham. On voit mal ce qui peut faire écrire à Wilhelm Emrich que cette mort « n'est pas un anéantissement dénué de sens, mais une connaissance libératrice[1] ».

1. W. Emrich, *op. cit.*, p. 125.

Si la mort de Gregor est douce, c'est pour une raison strictement physiologique. En contradiction avec l'idée qu'un observateur extérieur pourrait en avoir, chaque degré qu'a franchi Gregor, quand il s'affaiblissait, a été accompagné d'un sentiment de mieux-être. « Serais-je devenu moins sensible ? » s'étonne-t-il (p. 105) et son insensibilité est heureuse puisqu'elle permet d'oublier des blessures très réelles : il avait éprouvé quelquefois dans sa vie d'« épouvantable[s] souffrance[s] » (p. 124), mais quand la vie se fut retirée complètement d'une de ses pattes et que celle-ci traînait par terre, au moins elle ne le faisait plus souffrir (p. 102). Il a connu des moments « d'heureux abandon[s] » (p. 115). La mort n'est pas douloureuse pour celui qui meurt. Montaigne après Lucrèce plaçait en cette affirmation tous ses espoirs : « Tel tu t'es endormi dans la mort, tel tu demeureras éternellement, exempt de toutes douleurs [car] l'esprit et le corps reposent dans un égal assoupissement[1]. » Gregor pensa une dernière fois à sa famille « avec une tendresse infinie », sa dernière méditation fut « paisible » (p. 142).

La mort de Gregor est aussi dénuée de sens que celle de Joseph K. dans *Le Procès*. Au moins dans ce roman, comme dans *Le Château*, la quête d'un sens à donner au réel peut remplir une vie. Rien de tel ici : force est de constater l'échec de la vie de Gregor. Simplement l'échec. La mort n'y est parée d'aucune séduction. Le texte n'enseigne rien sur la religion. Il raconte seulement une « petite histoire », du point de vue de celui qui l'a vécue. Il nous propose un témoignage, une expérience qui va s'ajouter aux autres expériences que le lecteur a du monde et où il pourra se reconnaître, mieux que dans la lourde mise en scène macabre de *A la Colonie pénitentiaire*.

On a sans doute exagéré la religiosité de Kafka, du moins à l'époque où il écrivait *Le Verdict* et *La Métamorphose*. Max Brod fut le premier responsable d'une telle lecture de toute son œuvre[2]. Dans un article inti-

1. Lucrèce, *De natura rerum*, III, v. 904-905 et 920.

2. « C'est dans la catégorie de la sainteté, et non pas, comme on pourrait le croire, dans celle de la littérature, qu'il faut ranger l'œuvre et la vie de Franz Kafka », *Franz Kafka, Souvenirs et Documents*, *op. cit.*, p. 85.

tulé « Nos écrivains et la communauté », il avait écrit de Kafka :

« Bien que le mot " juif " n'apparaisse jamais dans ses œuvres, celles-ci font partie des documents les plus juifs de notre temps[1]. »

1. L. à F.B., 7 octobre 1916, O.C. IV, p. 779.

On aurait tort de voir une quelconque approbation de la part de Kafka dans le fait qu'il recopie cette formule dans une lettre à Felice : le contexte est clairement ironique, la citation est introduite par la question « Pourrais-tu me dire ce que je suis en fait ? » et accompagnée d'un autre jugement qui dit au contraire que « l'art de Kafka comme conteur a quelque chose de foncièrement allemand », d'où sa conclusion :

« Un cas difficile. Suis-je un écuyer de cirque monté sur deux chevaux ? Malheureusement, je n'ai rien d'un écuyer, je gis par terre. »

Comme Gregor.

ÉCRIRE UN ROMAN

La Métamorphose est l'œuvre de toutes les interrogations.

Problèmes métaphysiques de Kafka : ils naissent d'un effort pour connaître le monde, et de la conscience des multiples obstacles à cette connaissance. Aucune réponse religieuse n'en atténue la gravité.

Problèmes de Kafka avec sinon ses employeurs, du moins avec son emploi : il lui prend trop d'heures que l'écrivain pourrait consacrer à son œuvre. Les heures supplémentaires à l'usine d'amiante de son beau-frère rendent la situation insupportable.

Problèmes de Kafka avec sa famille, le père au centre, tout autour sa mère, ses sœurs, la bonne, qui s'agitent dans l'appartement. Mystère de ses sentiments contradictoires, angoisse au sujet du sexe, intuition d'un subconscient pressenti comme agissant, mais qui résiste à toutes les investigations.

Problèmes spécifiques à l'écrivain : le temps des doutes est passé, mais l'œuvre nouvelle exige d'être cinq fois plus longue que *Le Verdict* au risque de se disperser. C'est toujours le problème — comme au temps des « Conversations » et de *Regard* — de l'unité et des fragments.

Celui-là au moins, Kafka l'a résolu dans *La Métamorphose*, et la diversité de ses préoccupations n'a pas nui à l'unité de son récit. Pourquoi Kafka, attelé à son œuvre pendant plusieurs semaines, craignit-il tant d'en être déçu ? Il s'en est ouvert à Felice :

« Aujourd'hui, chérie, me voilà obligé d'abandonner ma petite histoire [...] et de la laisser tout un jour ou même deux à cause de ce maudit voyage à Kratzau [...] L'histoire pâtit déjà suffisamment de ma manière de travailler. Une pareille histoire, il faudrait pouvoir l'écrire en deux séances de dix heures, avec tout au plus une interruption, alors elle aurait le cours naturel et la fougue qu'elle avait dans ma tête dimanche dernier. Mais deux fois dix heures, je ne les ai pas[1]. »

1. L. à F.B., 24-25 novembre 1912, O.C. IV, pp. 88-89.

Les aurait-il eues qu'elles n'auraient pas suffi pour sa nouvelle œuvre. Car sitôt que le sujet de *La Métamorphose* n'était plus la substitution d'un monstre au fils unique, mais les conséquences de cet événement à moyen et long terme, sitôt qu'il fallait du temps pour que certaines vérités se révèlent — vérités qui touchent les personnages comme l'écrivain —, Kafka se trouvait fatalement exposé à ne plus retrouver les conditions dont il avait fait l'essai heureux dans *Le Verdict*.

Son œuvre en effet devait se développer, l'écoulement de la durée devait y être perceptible, or, c'était un problème que jusque-là Kafka n'avait jamais maîtrisé.

La conclusion implicite du constat qu'il vient de dresser est claire : il ne saura jamais écrire de roman, son œuvre lui échappera toujours. Son problème naît d'une incapacité — toujours le même ancien problème — où serait Kafka de maîtriser une œuvre longue. En six heures, on peut écrire *Le Verdict*, et de même un texte qui se serait appelé *La Métamorphose* mais serait demeuré une « petite histoire » (projet du 17 novembre) au lieu de « prendre les proportions d'un assez long récit » (constat du 23).

Du roman en effet, et non pas de la tragédie, ni de la nouvelle, ni du conte, la durée est le personnage principal. Or les fragments de *Regard* ignoraient la durée. Les actions se déroulent sur un moment de la journée (« Enfants sur la grand-route »). Certains fragments évoquent un instant privilégié, départ pour une promenade inopinée, retour chez soi, rencontre dans un tramway, etc. : ce sont des instantanés suggérant la monotonie d'un temps arrêté, répétitif. Souvent le présent est opposé au futur (« Robes »), ou au passé (« Un jour que j'étais malheureux ») mais l'écoulement même de la durée n'y est pas sensible.

De même *Le Verdict*, comme dans la tragédie, nous fait découvrir les personnages au moment qui précède immédiatement une crise dont le dénouement survient tout aussitôt. De nombreuses références sont faites au passé, aux anciennes responsabilités du père, aux visites et au départ de l'ami, trois ans plus tôt, à la mort de la mère l'année suivante, etc. Mais les repères chronologiques nourrissent une réflexion sur la situation actuelle, et non pas une expérience sensible.

Quant à *Description d'un combat*, l'œuvre était longue mais manquait d'unité : le lien entre les diverses rencontres était trop lâche et les personnages, assez interchangeables, manquaient trop de cohérence pour qu'on sente l'action du temps sur eux. L'œuvre a échappé à son auteur, elle demeurera d'ailleurs inachevée, comme tant d'autres avant et après *La Métamorphose*.

Déjà, alors qu'il croyait en avoir fini avec *La Métamorphose*, à la fin de la deuxième partie, il avait cédé à ce que celle-ci exigeait de lui. Cette œuvre qu'il n'arrivait pas à terminer allait-elle devenir, comme *Description d'un combat*, une sorte de monstre littéraire ?

« Après avoir mis fin à mon combat avec ma petite histoire — une troisième partie, qui cette fois sera sans aucun doute la dernière [...] — a commencé de prendre forme[1]. »

Mais le « sans aucun doute » exprime une fermeté inhabituelle chez Kafka. De fait, cette troisième partie sera effectivement la dernière, elle aura la même longueur exactement que chacune des deux autres. Cette « petite histoire » devenue grande et qui s'est imposée à lui a effectivement « pris forme », Kafka a su la maîtriser. Le naturel des enchaînements entre ses trois parties, leur longueur équivalente, les rappels de l'une à l'autre, lui confèrent son équilibre et sa force. Kafka ne s'est plus laissé emporter par sa plume comme jadis quand il écrivait *Description d'un combat*. Il a écrit son premier roman. Le seul qu'il ait achevé[2]. Un roman court, certes, mais non plus une nouvelle, ni des fragments. Le seul qu'il ait publié[3].

Quand il eut terminé *La Métamorphose*, Kafka pensait n'avoir pas su — ce qui était impossible sur un texte aussi long — renouveler l'expérience heureuse du *Verdict*. Libre à lui de le penser.

C'est la nostalgie de la nuit du *Verdict* qui le rend si sévère à l'égard de sa nouvelle. Or, il est possible qu'il ait réussi dans *La Métamorphose* à concilier la spontanéité de l'inspiration et son contraire, la maîtrise de la forme — non seulement dans le détail de l'expression, par moments, comme il le croyait, mais dans la structure globale de la nouvelle.

1. L. à F.B., 1er décembre 1912, O.C. IV, p. 112.

2. Même *Le Procès* n'est pas terminé, des hésitations subsistent quant à la destination de certains fragments rédigés mais non situés dans le contexte.

3. Tardivement, en 1915, par suite de circonstances indépendantes du désir de Kafka.

Le succès de *La Métamorphose* dans le monde — la nouvelle est plus largement connue que *Le Verdict* — et l'abondance de la littérature critique qui lui est consacrée —, suggèrent au contraire l'idée que Kafka a écrit ici son chef-d'œuvre.

VIII *LE SOUTIER*, UN FRAGMENT

« Quelque chose qui date de ma bonne époque, peut-être le meilleur texte que j'aie jamais écrit[1]. »

Composé dans les jours qui ont suivi immédiatement la nuit du *Verdict*, à la fin du mois de septembre 1912, avant donc *La Métamorphose*, *Le Soutier* est, sinon méconnu, du moins fort peu étudié. Kafka avait pourtant toujours éprouvé une tendresse particulière pour cette histoire, notamment dans ses périodes de stérilité : « Il y a là une force qui, semble-t-il, m'est refusée (déjà refusée) aujourd'hui[2]. »

Il lut cette histoire et la relut volontiers, à ses amis dès sa rédaction, à sa sœur en février 1913, à ses parents même, en mai[3]. Il l'a écrite dans une sorte d'« extase », au témoignage de Max Brod[4]. C'est le premier texte de Kafka qui figure dans la collection *Der Jüngste Tag* de Kurt Wolff, paru en mai 1913.

Le texte connut une deuxième édition en 1916, inchangée par rapport à celle de

1. L. à F.B., 9-10 février 1913, O.C. IV, p. 281.

2. J., 14 mai 1915, O.C. III, p. 395.

3. J., 24 mai 1913, *id.*, p. 299.

4. « Kafka en extase passe ses nuits à écrire », *Journal* de M. Brod, 29 septembre 1912 ; « Kafka dans une extase incroyable », 1er octobre, cité dans *Franz Kafka, Souvenirs et Documents* de M. Brod, *op. cit.*, p. 202.

1913, une autre en 1917-1918. Rainer Maria Rilke a « dit des choses très aimables sur *Le Soutier* », dont Kafka eut connaissance : *La Métamorphose* ni *A la Colonie pénitentiaire* ne possédaient selon Rilke la même cohérence[1].

Comme *Regard* et comme *Le Verdict*, *Le Soutier* fut adressé dès parution à Felice, priée « d'accueillir gentiment ce jeune garçon », de le faire asseoir à côté d'elle et de le complimenter comme il en a le désir[2]. Les termes employés font penser que cette fois encore, c'est plus qu'un livre mais une part de lui-même que Kafka offre à Felice. Il lui demande, comme pour *Regard* ou *Le Verdict*, de rechercher à Berlin telle critique récemment parue[3]. Il constituera ainsi un press-book qu'à l'occasion il proposera à son éditeur[4]. Dans ses relations avec Felice de même que comme écrivain — mais est-ce si indépendant ? — *Le Soutier* a donc importé à Kafka autant que *Le Verdict*. Pourquoi en négliger plus longtemps l'étude ?

Tardivement (en 1920), à sa traductrice Milena, Kafka dira ne plus aimer *Le Soutier* : « C'est une mauvaise histoire, extraordinairement mauvaise ; rien ne me serait plus facile, chère Madame Milena, que de vous le prouver ligne par ligne, si la répugnance que j'éprouverais à le faire n'était plus forte que toute ma démonstration[5]. »

Mais il faut faire la part des circonstances : c'est le premier texte de Kafka qu'ait traduit Milena, c'est par lui qu'elle est entrée en contact avec l'écrivain, on ne

1. Cité par Kafka lui-même, lettre à F.B., 7 décembre 1916, O.C. IV, p. 812. Rilke ne fut « pas le plus mauvais lecteur de Kafka » (voir dans O.C. IV, pp. 1311-1312, sa lettre de 1922 à Kurt Wolff).

2. L. à F.B., O.C. IV, p. 405.

3. *Id.*, 19 et 26 juin 1913.

4. Lettre aux éditions Kurt Wolff, 20 octobre 1915, O.C. III, p. 743.

5. L. à Milena, fin avril 1920, O.C. IV, pp. 890 et 1333.

peut exclure de sa part une certaine fausse modestie au service de la galanterie qui suit : « Le fait que vous aimiez mon histoire lui donne naturellement de la valeur, mais ternit un peu pour moi l'image du monde. »

Et puis surtout, à cette époque Kafka est malade — sa lettre de la veille commençait par : « Il s'agirait donc du poumon[1] » — si bien qu'il lui est assurément difficile d'être objectif à l'égard de son jeune héros, Karl Rossmann, un « solide gaillard » capable de charger sa malle sur son épaule « dans un geste plein de pétulance » (p. 149). Celui-ci n'a que seize ans : la nostalgie naît du contraste entre l'écrivain et son personnage, en cela seulement la relecture de ce texte a constitué pour lui « un avant-goût de ce supplice de l'enfer qui consiste à revoir sa vie avec l'œil de la connaissance[2] ». La condamnation du texte par Kafka ne repose donc pas sur des considérations strictement littéraires.

En mai 1920, il fera acheter vingt exemplaires de la revue où a paru la traduction en tchèque de sa nouvelle[3]. Dans son deuxième « testament », vraisemblablement rédigé en 1922, sa « dernière volonté au sujet de tout ce qu'[il a] écrit » sauve explicitement *Le Soutier* du feu, nommé juste après *Le Verdict* et avant *La Métamorphose*[4]. Elles ne sont pas si nombreuses les œuvres qu'il considérait comme « valables ». *Le Soutier* était de celles-là.

1. *Id.*, p. 887.

2. *Id.*, p. 895.

3. Revue *Kmen*, n° 6 du 22 avril 1920, voir les lettres à sa sœur Ottla, O.C. III, pp. 978 et 983.

4. O.C. IV, p. 1196.

LE SOUTIER, PREMIER CHAPITRE DE *L'OUBLIÉ*

Pourquoi cette histoire a-t-elle si peu retenu l'attention des critiques ? Il y a d'abord le fait que l'œuvre n'est qu'un « fragment » : Kafka a tenu à ce que la mention en apparaisse après le titre[1].

Fragment d'un roman à paraître ? Le sous-titre participerait alors d'une stratégie éditoriale, comme quand on publie dans un journal quelques « bonnes feuilles » d'une œuvre dont on veut assurer la promotion.

On sait en effet que *Le Soutier* est le premier chapitre d'un roman dont l'action se situe en Amérique, roman inachevé qu'après Max Brod on a longtemps appelé *L'Amérique* et que Kafka aurait vraisemblablement intitulé *L'Oublié* (*Der Verschollene*). Ce roman est plutôt moins lu et étudié que *Le Procès* et *Le Château*. Kafka semble justifier par avance ce désintérêt relatif par les multiples évocations, dans son *Journal* et dans ses lettres, des difficultés qu'il a connues pour rédiger son roman américain. Il a porté sur lui des jugements sévères : on a pu englober — abusivement — *Le Soutier* dans les mêmes critiques que le roman dont il est extrait.

Une première version de ce roman, longue de 200 pages écrites pendant le premier semestre de 1912, a été progressivement abandonnée à partir de mai. Kafka s'y « accroche en dépit de toute [son] inquiétude[2] », tant est grand son désir de mener à bien « un travail de plus longue haleine[3] ».

1. L. à Kurt Wolff, 24 avril 1913, O.C. III, p. 712.

2. J., 9 mai 1912, *id.*, p. 255.

3. J., 16 mars 1911, *id.*, p. 248.

The Steerage (L'entrepont). Photographie d'Alfred Stieglitz, 1907. Collection Museum of Modern Art, New York.
« ... Comme il en oubliait d'avancer, le flot sans cesse croissant des porteurs qui passaient [...] le repoussait peu à peu contre le bastingage » *(Le Soutier)*.

Cette même ambition avait produit *Description d'un combat*, plusieurs fois repris depuis 1903 et finalement abandonné. Il a dit et répété à Max Brod en juillet le « caractère désolant » de tout ce qu'il avait écrit jusqu'alors, ne se croyant capable que de mener à bien « quelques petites choses ». Évoquant pour Max Brod les chapitres déjà rédigés, il écrit, en des termes qui rappellent Flaubert (que justement il lit à l'époque) :

« Ce que j'ai fait jusqu'à présent est écrit dans un bain tiède, l'enfer éternel des écrivains véritables[1]. »

La version connue du roman (la première a été vraisemblablement détruite par son auteur) et dont *Le Soutier* est le premier chapitre, commencée dans l'enthousiasme fin septembre 1912, va de même très tôt se heurter à des difficultés. Dès le 8 octobre, Kafka écrit à Max Brod :

« Après avoir bien travaillé dans la nuit de dimanche à lundi — j'aurais pu écrire toute la nuit, et le lendemain, et la nuit suivante, et le lendemain, et finalement prendre mon vol, j'aurais même sûrement pu travailler aujourd'hui aussi (j'ai même terminé une page, dernier souffle en fait de l'inspiration qui m'en donna dix hier — je dois m'interrompre [...][2]. »

« C'est mon premier travail un peu long depuis quinze ans », écrit-il à Felice. Kafka veut s'y « consumer jusqu'à [son] dernier souffle[3] ». Il le désire tant qu'il a bien failli, dans son désespoir, se suicider quand on voulut le pousser à s'interrompre pendant

1. L. à M. Brod, des 10 et 22 juillet 1912, *id.*, pp. 679 et 683.

2. L. à M. Brod, 8 octobre 1912, *id.*, p. 692.

3. L. à F.B., 11 novembre 1911, O.C. IV, p. 50.

quinze jours pour s'occuper de l'usine d'amiante du beau-frère. Kafka envisage fin novembre d'y consacrer tout son congé de Noël, avec l'espoir de peut-être le terminer s'il sait « donner à la rage d'écrire la liberté de six nuits et de six jours consécutifs[1] ». On reconnaît dans ce propos le souvenir heureux du *Verdict*, composé tout récemment.

1. *Id.*, 27 novembre 1912, p. 101.

A cette date de fin novembre, son roman est « en panne », depuis le 17, car une autre histoire (*La Métamorphose*) « exige d'être transcrite ». Il peut s'y remettre début décembre, travaille assidûment à son septième chapitre (« Brunelda »), mais à diverses reprises il juge encore « lamentable » ce qu'il a écrit[2]. A la fin de janvier, il se déclare enfin « totalement vaincu par lui [son roman][3]. » *L'Oublié* demeurera inachevé, Kafka n'en parlera plus jamais.

2. *Id.*, 15-16 décembre 1912, p. 233 et 17-18, p. 159.

3. *Id.*, 26 janvier 1913, p. 257.

Autre raison : même quand on s'intéresse au roman, *Le Soutier* comme « fragment » n'intéresse pas vraiment pour lui-même, dans sa cohérence propre, mais comme chapitre liminaire d'un roman. On n'a eu alors aucune peine à remarquer que ce début heureux allait être suivi d'une longue dégradation qui, par paliers, amènerait Karl Rossmann jusqu'au théâtre d'Oklahoma, sur quoi le texte s'interrompt. A remarquer qu'après une première expulsion, loin d'Europe, il serait encore rejeté par son oncle, puis mis à la porte de l'hôtel Continental, d'où l'assimilation du roman à une triple variation sur le « mythe » de l'expulsion du Paradis.

Mais c'était ramener *Le Soutier* à n'être que le faire-valoir d'un contexte qui seul importerait et où l'on situe *a priori* l'essentiel de l'art de Kafka : ce premier chapitre heureux est si peu conforme à l'idée qu'on se fait volontiers de son œuvre qu'il est dans de telles conditions tentant de l'oublier. D'où une troisième raison du peu d'intérêt porté au *Soutier*, déjà évoquée à propos de *La Métamorphose* : le « kafkaïsme » a privilégié une lecture tragique des œuvres quand elles pouvaient s'y prêter, or, à l'évidence, *Le Soutier* ne s'y prête guère.

Si le sous-titre « fragment » renvoyait à un roman à paraître, Kafka semblerait répéter alors l'expérience malheureuse de *Richard et Samuel* dont le premier chapitre seul, de même, avait paru, en mai 1912, sous le titre « Le premier grand voyage en chemin de fer (Prague-Zurich) » (A.F., pp. 45-63). Lui aussi était accompagné d'une note : elle annonçait clairement une suite — qui ne paraîtra pas, faute d'avoir été rédigée[1]. Principale différence donc : dans le cas du *Soutier*, plusieurs chapitres avaient été rédigés, plusieurs centaines de pages[2].

Il faut concevoir, cette fois, un refus — et non une impossibilité — de publier la suite. Mais cette différence n'est qu'apparente puisque toutes ces autres pages, à quelques exceptions près, sont jugées par leur auteur comme « complètement ratées[3] » : quand on connaît les exigences de Kafka à l'égard de tout ce qu'il publie, c'est comme si ces pages n'avaient jamais existé.

1. Voir cette notice dans O.C. II, pp. 862-863.

2. 400 pages, compte non tenu de 200 pages d'une première version, écrite au début de 1912, voir la lettre à F.B. des 9-10 mars 1913, O.C. IV, p. 328.

3. L. à Kurt Wolff, 11 avril 1913, O.C. III, p. 710.

LE SOUTIER, UN FRAGMENT

En fait, ce n'est pas à son roman que songe Kafka quand il fait suivre le titre *Le Soutier* de la mention « un fragment ». Il faut ici envisager une cohérence autre, en des termes qui rappellent ce qui a déjà été dit du premier livre, le recueil *Regard*, et de son écriture fragmentaire. Kafka, en mars-avril 1913, quand il est question de publier séparément *Le Soutier*, affirme d'une part sa cohérence propre, par opposition au reste du roman dont il l'extrait[1], mais en même temps il explique à son éditeur que son histoire « ne forme pas vraiment un tout » : « C'est un fragment et il le restera, cet avenir est ce qui lui donne son plus grand achèvement[2]. »

Après *Description d'un combat*, il s'était épuisé à inventer une forme romanesque qui soit plus « composition » que « juxtaposition » de chapitres, sans y parvenir à son gré[3] : son roman est jugé par lui lamentable en ce que précisément il désespère de le « rabouter », d'où une « masse irrégulièrement écrite[4] » et son désespoir quand son roman se « disloque entre ses mains[5] ». D'où enfin l'abandon de son roman.

Mais c'était pour essayer une cohérence d'un autre ordre, non plus linéaire, comme un roman, mais plurielle : « *Le Soutier*, *La Métamorphose* [...] et *Le Verdict* font extérieurement et intérieurement partie d'un ensemble, il y a entre eux un lien visible, et plus encore un lien secret que je ne voudrais pas renoncer à illustrer[6]. »

1. L. à F.B., 9-10 mars 1913, O.C. IV, p. 328.

2. L. à Kurt Wolff, 4 avril 1913, O.C. III, p. 710.

3. L. à M. Brod, 22 juillet 1912, *id.*, p. 684.

4. L. à F.B., 5-6 et 15-16 janvier 1913, O.C. IV, pp. 210 et 233.

5. *Id.*, 26 janvier 1913, p. 257.

6. L. à Kurt Wolff, 11 avril 1913, O.C. III, p. 710.

Avant même la publication séparée du *Soutier*, Kafka avait voulu obtenir de son éditeur la promesse qu'il publierait plus tard *Le Soutier* avec *Le Verdict* et *La Métamorphose* dans un vrai livre intitulé *Fils* ou *Les Fils*[1]. Ce livre certes ne verra pas le jour, mais ce n'est pas faute que Kafka ait souhaité sa parution. Trois textes apparemment indépendants quoique réunis sous la même couverture, désignés par un titre générique, suggéreraient plus qu'ils ne montreraient, par-delà leur diversité apparente, un « lien secret » où se cache l'essentiel : au lecteur de faire l'expérience de ce qui fonde l'unité de l'ensemble.

1. *Ibid.*

Deux ans plus tard, dans son désir d'être publié, il envisagera un autre regroupement où *Le Soutier* serait remplacé par *A la Colonie pénitentiaire*[2]. Le projet là encore n'aboutira pas, de toute façon il n'aurait pas été vraiment satisfaisant :

2. L. à Kurt Wolff, 15 octobre 1915, O.C. III, p. 741.

« *Verdict* et *Colonie pénitentiaire* formeraient une exécrable combinaison ; à la rigueur *La Métamorphose* pourrait leur servir d'intermédiaire[3]. »

3. Lettre aux éditions Kurt Wolff, 19 août 1916, *id.*, p. 761.

Ces réserves mettent en valeur, *a contrario*, la richesse du premier regroupement envisagé, avec *Le Soutier*, et dont les liens visibles ou plus secrets doivent maintenant être pris en compte.

KARL, ENTRE GEORG ET GREGOR

Tout pousse à mettre à part *Le Soutier*. *Le Verdict* et *La Métamorphose* étaient deux huis clos, comme « La Promenade inopinée » ou « Vacarme » : le fils Bendemann ne franchit la porte de l'appartement familial que pour aller se jeter d'un pont, dans le fleuve. Quant au fils Samsa, il ne sortira pas vivant de sa chambre. Il avait été un modeste voyageur de commerce : allait-il à l'étranger ? sortait-il des limites de sa région ? On peut en douter, aucun signe ne le suggère dans le texte. De toute façon, depuis sa métamorphose, la question ne se pose plus. Le père Bendemann, lui, n'a jamais été un voyageur, et après la mort de son fils, il est peu probable qu'il change ses habitudes : sa fenêtre sur rue lui suffira. Les Samsa, eux, partent bien en excursion, dès qu'ils se savent débarrassés de Gregor : mais ils n'iront qu'au bout de la ligne du tramway, et leur principal projet est d'installer leur fille dans le mariage, non celui de voyager.

Le contraste est complet avec *Le Soutier*. C'est plus qu'un fleuve que le héros a traversé, c'est rien de moins que l'Atlantique. Le monde a changé d'échelle, voici Karl Rossmann sur le point de débarquer à New York, au-delà s'étend tout un continent : la distance est infinie d'avec Gregor et ses difficultés pour ouvrir ne serait-ce que la porte de sa chambre. La situation des Rossmann est inversée par rapport à celle des Samsa : Karl est parti et sa famille est restée ; d'un côté, un espace ouvert à tous les possibles, de l'autre la « prison européenne[1]. »

Autre différence : apparemment, la mort des fils Bendemann et Samsa était le prix à

1. La formule est de Kafka à propos d'un premier projet de roman américain (J., 19 janvier 1911, *id.*, p. 19).

payer pour que les autres vivent. La circulation semble, pour reprendre sur le pont, n'avoir attendu que le suicide de Georg, et les Samsa renaissent au soleil. Or, avec ses seize ans, Karl Rossmann est doué d'une belle vitalité, il est d'ailleurs sensiblement plus jeune que Georg et Gregor, il a plus qu'eux la vie devant soi : Kafka l'a même rajeuni d'un an dans la version définitive de son texte par rapport à sa première rédaction[1].

Il rit volontiers (pp. 149, 151, etc.), sa joie et son bonheur sont manifestes (pp. 153, 164, etc.). Il est certes un peu étourdi, mais tout lui réussit. Il oublie successivement son parapluie, oublie aussi sa malle (p. 151), se perd lui-même dans les couloirs et escaliers labyrinthiques du bateau : les verbes « perdre » et « oublier » ponctuent tout le début du texte. Mais il « trouve » aussi énormément. D'abord un certain Franz Butterbaum pour lui garder sa malle, puis le soutier : « Où pourrais-je trouver un meilleur ami dans l'immédiat ? » (p. 152). Puis surtout un oncle providentiel, sénateur américain, venu en personne le retrouver à bord, avant même que le bateau ne soit arrêté.

Dans ce pays, le dynamisme, même un peu irresponsable, semble récompensé. Karl est loin de toujours « prendre le temps de la réflexion » (p. 161). Ses parents, eux, avaient prévu jusqu'à une poche secrète où Karl puisse conserver ses papiers et son argent. Or, il oublie de la cacher et en sort ostensiblement ses papiers (p. 162). Sur-

1. Le manuscrit a été étudié par W. Jahn, *Kafkas Roman « Der Verschollene »*, 1965. Kafka à plusieurs reprises y dénomme son héros Georg au lieu de Karl.

tout, il défend le soutier sans avoir vérifié quoi que ce soit, alors qu'il est probable que le méchant Schubal, dont le soutier se plaint tellement, a pour seul tort... de n'être pas allemand mais roumain. Assurément, le soutier, qui ne le supporte pas, est peu défendable, et Karl bien étourdi de s'improviser son avocat. Mais de toute l'anecdote résulte finalement un grand bonheur : parce qu'il s'est ainsi manifesté, Karl a hâté sans le savoir le moment de la rencontre avec son oncle.

A l'inverse, ses « pauvres parents » au contraire semblent végéter. Sans être misérables, ils ne sont guère fortunés. La modestie des costumes de leur fils, le fait qu'il voyage en classe économique, en dortoir, près des machines, en témoignent clairement. Mais la différence n'est pas tant économique que morale : Kafka a expliqué à Milena, sa traductrice en tchèque, le sens secondaire à donner au mot « pauvres ». Ces parents d'Europe, écrit-il, sont « dignes de pitié », il serait donc insuffisant de traduire le mot par « indigents[1] ».

1. L. à Milena, début mai 1920, O.C. IV, p. 895.

Le héros est encore pour une bonne part sous l'influence de ses parents, qui apparaît comme vaine, voire néfaste dans l'épisode de la malle perdue : soucieux d'appliquer les conseils, Karl était attentif à protéger le seul bien qui le reliait à eux, sa malle. Son père ne se faisait pas d'illusion quant à la capacité de Karl à y veiller : « Combien de temps vas-tu la garder ? » lui avait-il demandé « en plaisantant » (p. 155). Le fils a voulu relever ce défi : pendant cinq nuits, il a protégé sa malle d'un petit Slovaque qui semblait avoir des vues sur elle. Autrement, le voyage se serait passé sans histoire. Manifestement, les soupçons étaient non fondés (pp. 156-157). La prudence des parents a seulement gâché une partie du voyage de leur fils.

Mais il n'est pas de père à craindre ici, alors qu'il est omniprésent dans *Le Verdict* et *La Métamorphose*. Que la malle et le parapluie soient finalement retrouvés (ce que le lecteur du *Soutier* ignore, mais que le roman raconte) ou bien que ces pertes soient jugées sans gravité au regard de ce qu'a trouvé le fils, de toute façon, le père n'en saura rien, Karl en est très conscient :

« Son unique consolation [à propos de sa malle perdue] était que son père ne pourrait pas savoir grand-chose de sa situation actuelle, même s'il ordonnait une enquête » (p. 155).

On voit la différence avec un père inquisiteur tel que le vieux Bendemann qui a lui mené son enquête sur son fils et son ami de Russie. Le père est ici avantageusement remplacé par un oncle maternel riche, puissant, respecté, plein d'indulgence pour la « faute » originelle dont a résulté l'exil du fils. L'oncle est pourtant capable d'être très sévère, et de fait il l'est, quoique peut-être abusivement, non à l'égard de Karl mais de son père : celui-ci est-il vraiment « impardonnable » d'avoir « déporté » son fils en Amérique « muni d'un équipement manifestement insuffisant » (p. 177) ? L'oncle évoque sans préciser d'autres détails qui, paraît-il, ne sont pas à son honneur (p. 175). On comprend que Hermann Kafka à qui son fils fit la lecture de son œuvre n'ait que très modérément apprécié. L'écrivain a noté, après avoir lu son texte devant la famille réunie, « l'extrême répugnance » avec laquelle son père l'a écouté[1].

1. J., 24 mai 1913, O.C. IV, p. 299.

Karl a mis l'océan entre sa faute et lui, personne ici n'en sait rien. Au soutier qui lui demande pourquoi il a été forcé de partir pour l'Amérique, une réponse évasive (« Bah !), un sourire et un geste de la main suffisent à balayer toute l'histoire. « Il doit bien y avoir une raison » insiste un peu le soutier, mais sans y mettre aucun acharnement : la conversation passe tout de suite à autre chose (p. 153).

Des images de cauchemar peuvent perturber Karl : il revit intensément sa mésaventure « dégoûtante » avec la bonne (pp. 178-179). Mais ce qui, en Europe, pouvait provoquer un « scandale qui aurait pu éclabousser » la famille (p. 177), et qui aurait pu demeurer le secret douloureux du fils, est ici aboli du seul fait qu'il a été publiquement dévoilé, pièce à l'appui (la lettre de la bonne que brandit le sénateur).

« Karl avait voulu faire un mystère de ce qui était devenu maintenant une chose si publique » (p. 176). Ce n'est pas la solution, l'oncle Jakob est très clair sur ce point :

« Je ne cherche pas du tout à dépeindre sous de belles couleurs ce qu'a fait mon neveu pour mériter ce châtiment, disons seulement que sa faute est de celles qu'il suffit de nommer pour qu'on l'excuse » (pp. 175-176).

Voici la différence la plus apparente entre *Le Soutier*, *Le Verdict* et *La Métamorphose*. Georg Bendemann était au fond coupable, son père le lui a dit et lui-même l'a admis sans mot dire, d'où le verdict sans appel, la mort. Même châtiment finalement pour Gregor Samsa qui a hérité de son père une « dette » dont le lecteur ne saura jamais rien de précis : les familles savent garder leurs secrets, aucune chance n'est donnée à la défense.

Il en va tout autrement dans *Le Soutier*. L'Amérique est le lieu de la renaissance et de la liberté, la statue qui accueille le voyageur à l'entrée du port de New York — et accueille le lecteur au seuil du texte — le souligne clairement. Même le vent souffle ici « en toute liberté » : la répétition du mot, à quelques lignes d'intervalle, dès le premier paragraphe, ne saurait être gratuite.

L'Amérique est aussi, voire surtout, terre du droit, d'où la transformation du flambeau que cette statue tient au bout de son bras levé, en « glaive », accessoire traditionnel des allégories de la Justice, avec la balance. L'image de la statue est si célèbre, et Kafka s'est si soigneusement documenté sur l'Amérique[1], qu'il serait abusif d'envisager ici une erreur de sa part. Resterait à s'interroger sur l'absence de la balance.

Le texte suggère comme il a failli — failli seulement — subir un traitement comparable à celui de Gregor Samsa : « Les parents [de Karl] se sont tout bonnement

1. Kafka a beaucoup lu sur l'Amérique, des livres, des reportages (dans la *Deutsche Rundschau* par exemple), avait assisté à une conférence au moins, etc.

[...] débarrassés de lui, comme on met à la porte un chat qui vous fait des ennuis » (p. 175). Manifestement, l'idée de *La Métamorphose*, qui chemine pour l'heure encore dans le subconscient de Kafka, exigera bientôt d'être transcrite (deux mois plus tard, fin novembre).

Sur la question de sa faute originelle, pour un peu, ce qu'on pourrait lui reprocher de ce côté de l'Atlantique, c'est d'avoir seulement été séduit par la bonne au lieu de l'avoir séduite lui-même. Tel semble être le sens implicite de ce propos de l'oncle :

« Il a été séduit par une certaine Johanna Brummer, une bonne à tout faire de quelque trente-cinq ans. En employant le mot " séduit ", mon intention n'est pas du tout de blesser mon neveu, mais il est difficile d'en trouver un autre qui convienne aussi bien » (p. 176).

Il est donc possible ici de se refaire une virginité ? C'était impensable dans les deux autres nouvelles, mais ici aucune malédiction ne frappe définitivement personne. Au contraire, seul un dieu bienveillant peut avoir amené le héros à la bonne porte, choisie parmi une infinité d'autres au terme d'une errance dans des couloirs et escaliers inconnus : celle du soutier, pour qu'il soit conduit dans un deuxième temps devant cette autre porte derrière laquelle se trouve son oncle Jakob. Comme dans un conte de fées.

Ce conte a ses objets-fées, le parapluie ou la malle qui se cachent pour attirer ailleurs le héros, et la « mince badine de bambou » de l'oncle, systématiquement nommée (pp. 160, 162, 165, 166, 168, 169, etc.), qui fait songer à une baguette magique, d'autant que l'oncle est un peu magicien : il a métamorphosé un obscur immigré en neveu d'un sénateur américain. Le conte a aussi son bon géant derrière une petite porte, le soutier (p. 150), fort brutal dans ses paroles comme dans ses manières, que ce soit avec les femmes de la cuisine ou avec Karl quand il le tire dans sa cabine, claque les portes, repousse « d'une brutale bourrade dans la poitrine » le héros sur son lit (pp. 151, 152). Les « muscles tendus » (p. 161), il est souvent prêt à donner des coups, même à Karl (p. 168), prêt à se battre seul contre sept, comme dans les contes (p. 169). Et il est en même temps si fraternel (« Il prit Karl par la main... », p. 157), tendre et pitoyable quand à la fin il se résigne à son sort, et souvent de bon conseil :

« Ou cet homme-là [à qui Karl a confié sa malle] continue à la garder, et c'est un imbécile et il n'a qu'à continuer à attendre, ou bien c'est simplement un homme honnête, et il l'a laissée en plan ; dans ce cas-là, nous la retrouverons d'autant plus facilement quand le bateau sera vide. Cela vaut aussi pour votre parapluie » (p. 152).

LE LIEN SECRET

Il n'empêche qu'il est assez effrayant. Les lecteurs du *Verdict* et de *La Métamorphose* ont rencontré d'autres géants, c'était chaque fois le père du héros. Quand il essaie « d'écraser du pied un rat qui croisait sa route » (p. 158), il est bien proche du père Samsa tapant furieusement des pieds pour faire reculer son fils-cancrelat (p. 99).

Autre figure paternelle embarquée sur le même bateau redevenu huis clos, l'oncle qui à l'occasion lui donne du « je veux » : « Et maintenant, s'écria le sénateur, je veux t'entendre dire devant tout le monde si je suis bien ton oncle, ou non » (p. 179).

Karl obtempérera, passivement. La distance prise n'a rien changé à sa dépendance, le texte semble souligner à nouveau, comme *Le Verdict* et *La Métamorphose*, face à la vitalité du père et de ses substituts, la responsabilité propre du fils. Il est douteux qu'il ait les qualités requises pour réussir en Amérique. De fait, il a une tendance certaine à la passivité, ce qui est plutôt inquiétant : assez symptomatiquement, la première fois que le lecteur le découvre, il est repoussé par le flot des porteurs contre le bastingage (p. 149) ; nulle part n'est évoqué le fait qu'il ait protesté contre la décision de l'envoyer en Amérique, il dit seulement qu'il a été « forcé de partir », en éprouve à peine un regret (cet exil l'empêchera d'être ingénieur, dit-il, p. 153) ; il n'avait pas non plus « trop regretté de devoir quitter l'école » (p. 154). Il est lui-même très conscient de manquer de persévérance, jamais il ne sera un self-made-man (p. 154). Il a à peine résisté aux assauts de la bonne, n'éprouve aucun sentiment pour elle (p. 178).

Mais il y a plus grave. Non seulement il n'est pas sûr que Karl Rossmann puisse marcher sur les traces de son oncle, mais il n'est pas sûr que l'Amérique soit autre chose qu'un mythe, car les mêmes questions s'y posent qu'ailleurs, également irrésolues.

La décision d'exiler Karl en Amérique était-elle juste ? Les revendications du soutier le sont-elles davantage ? Celui-ci dit que Schubal est une « canaille », et Schubal dit de lui que c'est un « fainéant » (pp. 154-155). Qui croire ? « Où est la vérité ? » (p. 184). « Avez-vous déjà été chez le commandant ? Avez-vous cherché à faire valoir votre droit auprès de lui ? » demande Karl (p. 155). L'épée à son côté (p. 160) rappelle le glaive de la statue : le commandant est, à son échelle, comme elle, une figure de la justice. Mais comment dire le droit ? Le verdict dépendra, non de la vérité, mais des circonstances. La présence d'un sénateur dans le bureau du commandant est apparemment favorable au respect du droit et pousse l'autorité à entendre le plaignant, mais qu'en eût-il été si le sénateur n'avait pas été là ? Karl a pressenti ce « motif particulier » qui pousse le commandant à « apparaître sous les traits d'un supérieur équitable » (p. 166). On comprend que la balance manque dans la représentation initiale de la Justice.

La plus ou moins grande habileté de l'avocat (en l'occurrence, Karl lui-même) est essentielle, d'où l'attention portée par Karl à la forme de sa propre plaidoirie et son inquiétude quand le soutier se défend lui-même, maladroitement (p. 166). User d'une petite « malice », comme de « passer sous silence le fait qu'il ne connaissait le soutier que depuis peu » n'est certes pas moral de la part de Karl, mais pourquoi s'en priver (p. 162). Elle ne l'empêche pas, au même moment, de placer tous ses espoirs dans la présence d'un « juste » dans l'assemblée (p. 162).

Le texte distingue très clairement la « justice » de la « discipline ». Il s'agit avant tout de respecter la seconde, quand bien même elle n'est pas exactement conforme à la justice. Que signifie la phrase : « Le soutier aura ce qu'il mérite » ? (p. 182). Pour le sénateur, c'est « ce que le commandant estimera bon », or pour Karl qui proteste, « ce n'est pas de cela qu'il s'agit, quand il est question de justice ». D'où la mise au point :

« " Ne te méprends pas sur la situation, dit le sénateur à Karl, il s'agit peut-être d'une question de justice, mais en même temps d'une question de discipline. Les deux choses, et surtout la deuxième, sont ici du ressort du commandant " » (p. 183).

Cela au moins est clair, le soutier le comprend et se soumet, là est la sagesse, beaucoup d'ailleurs « avaient pris la querelle entre Schubal et le soutier pour une plaisanterie » (p. 186). Mais pas Karl, d'où sa violente crise de larmes à la fin, puis son regard fixe sur son oncle, et ses doutes :

« C'était comme si n'existait plus aucun soutier. Karl [...] se prit à douter que cet homme [le sénateur, son oncle] pût jamais remplacer pour lui le soutier » (p. 187).

A ce moment du récit, le malaise du sénateur est manifeste, il « évite d'ailleurs son regard ». Tout est dans le « comme si » : le soutier existe bien, et Karl l'a abandonné, après avoir pressé une de ses mains crevassées contre ses joues (pp. 184-185), comme il avait auparavant embrassé celles de l'oncle (p. 179). L'oncle lui-même apparemment n'est alors plus aussi sûr de la valeur de la « discipline » quand elle ne correspond pas exactement à la « justice ». A son neveu qui demandait « Où est la vérité ? », il avait répondu : « Ne pousse pas les choses trop loin, ne serait-ce qu'à cause de moi, et apprends à garder ta place » (p. 185).

C'est donc seulement au prix d'un abandon sur l'essentiel qu'on peut « garder sa place » ? On est finalement assez loin d'une œuvre aussi optimiste, légère et dynamique qu'on l'a dit souvent. *Le Soutier*, comme *La Métamorphose* et *Le Verdict*, comme plus tard *Le Procès*, est bien plutôt une interrogation grave sur l'existence de valeurs et la difficulté de dire le droit.

Est-ce à quoi renvoie la mention d'un « forum d'une nature supérieure » juste après celle d'un « tribunal humain » (p. 170) ? Sans se prêter aussi aisément à une lecture religieuse que *La Métamorphose* ou *Le Verdict*, *Le Soutier* comporte au moins cette référence à une justice qui ne soit pas seulement humaine. On en a relevé d'autres, et comme de tous les textes de

Kafka, on a proposé du *Soutier* une lecture religieuse[1].

On a surtout privilégié une lecture socio-politique du roman *L'Oublié*, mais à la fin du premier chapitre, Karl n'a pas encore posé le pied sur le sol de la première puissance capitaliste du monde. Si l'on s'en tient au *Soutier*, le caractère providentiel de l'intervention de l'oncle échappe complètement à une analyse marxiste des rapports de l'idéologie à l'infrastructure économique. Il n'empêche que « les camarades lecteurs de la revue [communiste] *Kmen* ne peuvent se rappeler qu'avec estime le conte *Le Soutier*[2] » car Kafka « aimait les exploités et atteignait impitoyablement les riches, d'une manière très compliquée et en même temps très émouvante ».

Quant aux recherches d'éventuelles sources, on les a trouvées d'abord dans la vie de Kafka et de ses proches : « Il semble absolument évident que cette histoire de fils prodigue, séduit par une jeune [*sic*] servante, banni par son père, abandonné par sa mère, et résolu à se trouver dans ce pays de cocagne des Peaux-Rouges et des possibilités illimitées, est une projection littérale de ses conflits personnels et de sa vision optimiste pour en sortir[3]. » « Mon roman, c'est moi, mes histoires, c'est moi » écrit-il à Felice[4]. Il n'est pas besoin d'identifier tel épisode de sa vie pour authentifier une déclaration aussi claire. Le rapport compliqué au sexe, le coït ici évoqué comme absolument « dégoûtant » et source d'une

1. Selon P. Bridgewater, la principale source du *Soutier* est la Genèse (*Kafka und Nietzsche*, 1974, p. 62). Mais l'Europe était-elle plus un vrai Paradis terrestre pour Karl que le château de Thunder-ten-Tronckh pour Candide ?

2. František Kautman, « Kafka et la Bohême », *Europe*, *op. cit.*, p. 70.

3. Ernst Pawel, *Franz Kafka ou le cauchemar de la raison*, 1984, traduction française de M. Chion et J. Guiloineau, Seuil, 1988, p. 267.

4. L. à F.B., 2-3 janvier 1913, O.C. IV, p. 205.

« grande détresse », ont déjà été évoqués ailleurs[1].

Les sources littéraires sont potentiellement innombrables[2], les seules qui soient indiscutables étant un certain nombre d'ouvrages documentaires sur l'Amérique (utilisés surtout dans les chapitres suivants du roman) et, pour la faute commise par Karl Rossmann avec la bonne à tout faire de ses parents, les *Mémoires* de Benjamin Franklin[3].

Quant à Dickens... Kafka lui-même avait affirmé — et on l'a répété — que *Le Soutier* était une pure imitation de *David Copperfield.* Or cela n'est vrai qu'en apparence : quand on lit l'ensemble du texte où Kafka tient ce propos[4], on observe surtout ses réserves à l'égard de Dickens. L'influence est patente, au niveau de certains détails comme la malle oubliée qui était valise volée dans *David Copperfield.* Le tempo rapide et la force créatrice de Dickens, sa vitalité, sa facilité séduisent... Mais il faut compter aussi avec sa sentimentalité (*Le Soutier* de même est quelquefois un peu sentimental), un style surabondant et l'insuffisance de sa peinture des caractères. Kafka au contraire vise à la plus grande sobriété possible dans l'expression, en même temps qu'il suggère beaucoup de zones d'ombre où l'on sent toute la complexité des êtres, quand bien même ils ne sont qu'un soutier ou un jeune garçon de seize ans. Karl Rossmann, toujours un peu étranger à ce qui lui arrive, conserve son mystère, l'hésitation entre une instance

1. Voir la citation du *Journal* du 14 août 1913 donnée dans le chapitre sur *Le Verdict*, p. 78.

2. La principale source est Dickens (voir ci-dessous) mais on a proposé des rapprochements avec E.A. Poe (*Arthur Gordon Pym*), Robert Walser, Kürnberger (*Amerikamüden*), Knut Hamsun, etc.

3. M. Brod a le premier attiré l'attention sur cette source possible dans sa postface à *L'Oublié* (1927). Kafka possédait une traduction en tchèque des *Mémoires* de Benjamin Franklin (1re édition, 1771).

4. J., 8 octobre 1917, O.C. III, p. 438.

narrative strictement subjective, comme dans *Le Verdict* et *La Métamorphose*, et la présence d'un narrateur qui l'observe de l'extérieur, accroît son mystère.

« Profondeur et naïveté, alacrité du récit et gravité du sens[1] » : « Cette union a-t-elle une chance de se produire ? » se demande Kafka quelques années plus tard[2].

1. C. David, M., p. 217.

2. J., 9 février 1915, O.C. III, p. 382.

« Si les deux éléments qui se manifestent de la manière la plus caractéristique dans *Le Soutier* et dans *La Colonie pénitentiaire* [...] ne parviennent pas à s'unir, je suis fini. »

De tels textes, capables de servir de références nostalgiques à leur auteur, quand on sait combien celui-ci était exigeant, méritent bien qu'on leur consacre la même attention qu'au *Verdict* et à *La Métamorphose*. Composé entre ces deux textes dont il est moins éloigné qu'il pouvait sembler, *Le Soutier* constitue avec eux un triptyque enrichi des rires, sourires et larmes de Karl et de son ami d'un jour, une respiration heureuse, ou même seulement apparemment heureuse, mais humaine et vivante au milieu de tant d'atrocités dont *A la Colonie pénitentiaire* dira toujours assez tôt l'horreur.

IX KAFKA VIVANT

« A Prague, il est toujours présent », écrivait Ernst Pawel en 1984[1], bien avant la « révolution de velours », et dans une bonne partie du monde, à en juger par les journaux et les revues, les livres mais aussi le théâtre et, après une longue éclipse, le cinéma : après *Metamorphosis* du réalisateur américain William Hampton en 1951, l'adaptation du *Procès* par Orson Welles (avec Anthony Perkins) en 1962, et celle du *Château* par Rudolf Noelte (avec Maximilian Schell) en 1968, le film *Milena*, de Véra Belmont — avec Valérie Kapriski dans le rôle-titre et Philip Anglim dans celui de Kafka — est sorti en janvier 1990. Au théâtre, depuis l'adaptation du *Procès* par André Gide et Jean-Louis Barrault en 1947, Kafka quitte rarement l'affiche[2].

De quel ordre cette présence ? Un des traits de la « kafkalogie » — sur laquelle a ironisé Milan Kundera — est de préférer les écrits privés aux œuvres, de privilégier l'œuvre posthume, de l'écraser sous des exégèses religieuses, athées, existentialistes, marxistes, sociologiques, politiques... « Dans ses romans, on ne cherche pas le monde transformé par une immense imagination, on déchiffre des messages religieux, on décrypte des thèses philosophiques et morales[3]. »

Or « le plaisir que procure l'œuvre de Kafka — comme tant d'autres — peut précéder toute interprétation et ne dépendre

1. Ernst Pawel, *Franz Kafka ou le cauchemar de la raison*, *op. cit.*, p. 11.

2. Claudine Raboin dresse l'inventaire des diverses adaptations à la scène et à l'écran dans *Les Critiques de notre temps et Kafka*, *op. cit.* (1973), pp. 178 et suiv.

3. M. Kundera, « L'Ombre castratrice de Saint Garta », *L'Infini*, *op. cit.*, p. 7.

d'aucune», a écrit Jorge Luis Borges[1]. Les brèves proses que Kafka a publiées, en particulier, ont «l'insoutenable légèreté de l'être»: par leur caractère fragmentaire, la diversité de leur ton, les respirations qu'elles multiplient quand on passe de l'une à l'autre, elles ne sont pas propices aux vastes architectures, toute lecture ne peut qu'en être dynamique, et recommencée, vivante.

1. Préface à *La Métamorphose*, 1938, dans *Le Livre des préfaces*, Folio n°1794, p. 160.

«Max Brod a créé l'image de Kafka et celle de son œuvre», affirme Kundera: cette image est en train d'évoluer sensiblement. En 1984, à Paris, l'exposition *Le Siècle de Kafka* avait osé suggérer, sans insister, un rapprochement, évident dès qu'on ose y songer, entre Franz Kafka... et Charlot, même costume sombre, même éternel chapeau melon. L'image parlait d'elle-même.

Dans le même esprit, Jean Daniel Verhaeghe a réalisé, pour la télévision[2], une adaptation de *La Métamorphose*, évidente elle aussi, drôle et tragique à la fois, forte parce que née d'une idée simple. La caméra-œil bascule du lit à grand-peine, rampe sur le sol, voit la pièce comme la verrait une bête collée au plafond, à l'envers. Souvent, on n'entend pas plus distinctement les paroles que ne doit les entendre Gregor (ainsi quand s'expriment les locataires), et certaines images ne sont pas nettes, par contre les bras blancs de Grete et ses jupons occupent tout le champ visuel et sont troublants à souhait pour le téléspectateur qui, sans phrase, vit de l'intérieur la

2. En 1983. Avec Julien Guiomar et Madeleine Robinson dans le rôle des parents Samsa, et la voix de Sami Frey.

métamorphose de Gregor dont on entend, en voix off, le soliloque. On ne pouvait être plus fidèle au choix qu'avait fait Kafka d'une instance narrative originale.

« L'insecte lui-même ne sera pas dessiné », avait exigé Kafka de son éditeur[1] : son désir a été respecté, jamais l'animal n'apparaît à l'écran. Il n'en allait pas de même dans les spectacles qu'avaient conçus Ewa Lewinson au Théâtre du Marais (*De l'Éducation des insectes*), en février 1979, ou Maria Ley Piscator au Studio des Champs-Élysées (*La Métamorphose*, mise en scène de Daniel Emilfork, en octobre 1968), et avant eux Charles Apothéloz à Lausanne en 1957[2]. En novembre 1989, Baryshnikov, à New York, a certes été superbe dans le « ballet parlé » *La Métamorphose* qu'avait monté Berkoff, et Polanski aussi l'année précédente, à Paris, « en Peter Pan pervers ». Pauvre Gregor !

Il est pourtant une forme d'irrespect joyeux à laquelle Kafka aurait sans doute souscrit. Ainsi quand Alvin Greenberg, un auteur de science-fiction, publie une nouvelle, très simple et très compliquée à la fois, qu'il intitule : « Franz Kafka de Jorge Luis Borges[3] », comme si l'auteur argentin avait « inventé » Kafka de la même façon qu'il avait imaginé Tlön et Uqbar dans la première de ses *Fictions*. « Je ne suis que littérature et ne peux ni ne veux être rien d'autre », avait affirmé Kafka : Greenberg l'a seulement pris au mot.

Dans un tout autre genre, un amuseur professionnel masque à tous le drame qui

1. L. à Kurt Wolff, 25 octobre 1915, O.C. III, p. 743.

2. Dans *Kafka mis en scène* de Christiane et Gilbert Ravy, on trouvera divers documents sur des adaptations dramatiques de l'œuvre de Kafka (Centre d'études et de recherches autrichiennes, Publ. de l'Université de Rouen, n° 132, 1987, illustré).

3. Dans *Histoires de la 4e dimension*, La grande anthologie de la science-fiction, 2e série, Livre de Poche, 1983.

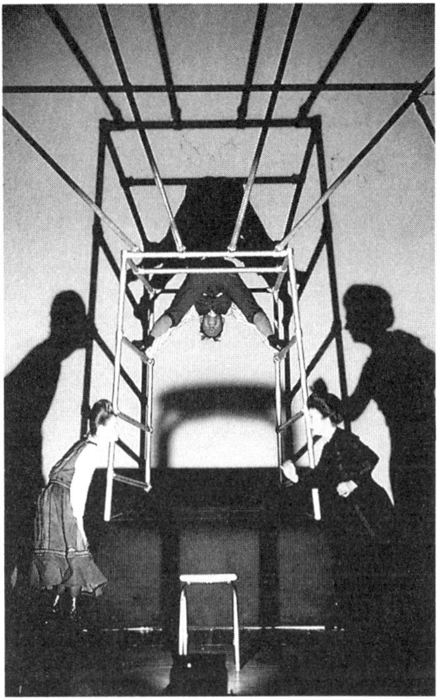

La Métamorphose de Kafka. Adaptation et mise en scène de S. Berkoff. Théâtre du Gymnase, 1988. Acteurs : Roman Polanski, Christine Cohendy, Jean-Paul Farré, Fred Personne, Fabienne Tricotted. Ph. © R. Melloul/Sygma.

est le sien depuis qu'il se sait condamné par la médecine, et choisit d'évoquer Kafka dans son *Dictionnaire superflu à l'usage de l'élite et des bien nantis* :

« Un matin, dans un nid de scarabées noirs installés sous l'évier de la cuisine des Fournier, 87 rue de la Marne à Puteaux, l'un des coléoptères, au sortir d'un rêve agité, s'éveilla transformé en employé de la BNP. A la place des élytres, il portait une chemise " Guy Dormeuil habille les hommes forts " et il tamponnait des traites à quatre-vingt-dix jours en fredonnant " Stranger in the night "[1]. »

Et du côté des enfants surtout... Qu'on lise ou relise *Max et les Maximonstres* de Maurice Sendak, best-seller de toutes les écoles maternelles de France et d'ailleurs[2]. On y verra un tout jeune garçon solitaire qui a enfilé son costume de loup, qui fait des bêtises et attire enfin l'attention de ses parents... Aucun rapport avec Kafka ni avec Gregor Samsa ? « Monstre », lui dit sa mère. Là aussi, on se prend au mot : « Je vais te manger », répondit Max. « Et il se retrouva au lit sans rien avoir mangé du tout. » Mais par le rêve, Max, à la différence de Gregor, sortira de sa chambre, arrivera au pays des « Maximonstres » sur lesquels il régnera — lui aussi — par le pouvoir de sa parole et de son regard : « Silence » ou bien « Ça suffit »...

Max, « au sortir d'un rêve agité », retrouvera bien sûr sa chambre, « et son dîner qui l'attendait — tout chaud ». L'histoire est heureuse mais les parents n'en sortent pas

1. Pierre Desproges, Seuil, 1985.

2. Maurice Sendak, 1963, traduit en français depuis 1967, Delpire, École des Loisirs.

plus indemnes que chez Kafka. Dès la page de garde d'ailleurs, le propos était clair : l'enfant *joue* au monstre dans son costume de loup, mais les poils, griffes, dents, regards du couple parental *sont* bien réels, et monstrueux. Mais tellement moins effrayants d'avoir été reconnus comme tels.

Maurice Blanchot n'en est pas moins fondé à affirmer que « les récits de Kafka sont, dans la littérature, parmi les plus noirs, [...] ce sont aussi ceux qui torturent le plus tragiquement l'espoir, non parce que l'espoir est condamné, mais parce qu'il ne parvient pas à être condamné[1] ». En cela, l'œuvre est certes l'une des plus représentatives de son siècle, écartelé plus qu'aucun autre entre les espoirs les plus fous et la crainte du désastre total.

1. « La lecture de Kafka », *op. cit.*, p. 73.

Mais « A Prague, il est toujours présent ». Comme l'espoir. Et comme ce scarabée qu'on croyait moribond dont Kafka a raconté l'histoire à Milena, dans une de ses dernières lettres[2] :

2. L. à Milena, déjà évoquée à propos de *La Métamorphose*, début mai 1920, O.C. IV, p. 895.

« Il ne bougeait déjà plus ; mais le lézard, en passant sur lui, avait retourné le scarabée ; le scarabée resta encore un bref instant inanimé, puis il se mit à grimper contre le mur comme si rien n'était plus naturel. »

DOSSIER

CHRONOLOGIE : L'ANNÉE 1912

Kafka a trente ans et encore douze ans à vivre. A la fin de cette année 1912 paraît son premier livre, *Regard*. A l'automne sont composés coup sur coup *Le Verdict*, *Le Soutier* et *La Métamorphose*.

Une année capitale.

JANVIER.

Kafka commence la rédaction d'une autobiographie : son *Journal*, à la date du 3, dresse un constat : d'une part, « dans mon organisme, l'orientation de ma nature vers la création littéraire est la plus productive » ; d'autre part, « seul le bureau y fait encore obstacle, mais radicalement ». D'où le projet : « Il ne me reste qu'à chasser mon travail de bureau de cette vie commune pour commencer ma vraie vie, dans laquelle mon visage pourra enfin vieillir, naturellement avec les progrès de mon œuvre. »

Cela ne sera pas, Kafka demeurera encore longtemps employé par l'Institut d'Assurances contre les Accidents du Travail.

Il fréquente assidûment Isak Löwy et les acteurs yiddish depuis trois mois, fasciné par leur mode de vie, s'intéresse de très près au judaïsme oriental, mais celui-ci commence à le décevoir. Son judaïsme à lui demeure « engourdi ».

Visite à l'usine d'amiante de son beau-frère (où il a lui-même des intérêts, ainsi que son père).

Il travaille à *Richard et Samuel*, roman écrit en collaboration avec Max Brod (seul le premier chapitre paraîtra). Lit Flaubert.

FÉVRIER.

Le 18, allocution (« Discours sur la langue yiddish ») prononcée au début d'une séance de récitations de poèmes juifs par Löwy. L'organisation matérielle de cette soirée l'a beaucoup occupé. Kafka a aimé parler en public.

MARS.

Le 6 : « Reproches (de son père) à propos de l'usine », tentation du suicide (« saut par la fenêtre »). Kafka devrait remplacer son beau-frère pour dix ou quinze jours à l'usine d'amiante.

Le 11, Kafka brûle « beaucoup de vieux papiers odieux ». Le 16, il « se ressaisit », « reprend courage ». Projet d'une œuvre de plus « longue haleine », vraisemblablement la première version de son roman américain, *L'Oublié*. Il y travaillera jusqu'en mai au moins.

AVRIL.

« Voilà comment se passe une journée. Le matin bureau, l'après-midi, usine, et maintenant, le soir venu, des cris de tous côtés dans l'appartement. »

MAI.

Le 6 : « Échec complet dans ce que j'écris. »

Le 9 : « [S']accroche à [son] roman » mais est plein d'inquiétude.

JUIN.

Le 1er : « Rien écrit. »

Le 2 : « Presque rien écrit. »

Le 7 : « Terrible. Rien écrit aujourd'hui. Pas le temps demain. »

28 JUIN – 27 JUILLET.

Vacances d'été. Jusqu'au 7 juillet, voyage avec Max Brod. Sous la pression de son ami, Kafka tient un journal de voyage. A Leipzig, rencontre (organisée par Brod) entre Kafka et l'éditeur Rowohlt. Projet d'un livre (ce sera *Regard*). A Weimar, visite à la maison de Goethe, flirt avec la fille des gardiens.

A partir du 7 juillet, Kafka dans un sanatorium naturiste à Jungborn dans le Harz (on n'y reçoit pas que des malades, on peut y venir comme on va en cure).

La rédaction du roman n'avance plus, Kafka n'envisage ce qu'il a écrit que comme une première version. De fait, il la détruira (elle ne nous est pas parvenue). « Ce que j'ai écrit jusqu'à présent est écrit dans un bain tiède. »

AOÛT.

Le 7, il désespère de mettre au net les textes pour le livre qu'il prépare. Le 8, il écrit « Un Filou démasqué », « à sa plus ou moins grande satisfaction » (le texte en sera immédiatement incorporé à *Regard*).

10 août : « Rien écrit. »

11 août : « Rien, rien. »

13 août : Kafka rencontre pour la première fois Felice Bauer chez les parents de Max Brod (il était venu discuter avec lui de l'ordre des textes dans le livre qu'il prépare). Coup de foudre ? Il

mentionne « F.B. » dans son *Journal* pour la première fois le 15. A la date du 20 août, une semaine après la première rencontre, il évoque « son visage osseux vide » et ses « cheveux un peu raides et sans charme ».

14 août : Kafka envoie son manuscrit à Rowohlt, puis regrette de l'avoir fait, souhaite qu'il soit refusé : il est accepté le 4 septembre.

SEPTEMBRE.

Le 7, Kafka renvoie, signé, son premier contrat avec un éditeur.

Conversations avec l'oncle d'Espagne, Alfred Löwy. Comment peut-on être célibataire ?

Le 15, fiançailles de sa seconde sœur, Valli. Dans le *Journal* : « Amour entre frère et sœur, répétition de l'amour entre le père et la mère. »

Le 20, première lettre à Felice Bauer, plus d'un mois après leur première rencontre. Le même jour, lettre à Max Brod et Felix Weltsch qui, l'un et l'autre, vont se fiancer. L'avant-veille, lettre à l'amie de Brod, Elsa Taussig (les fiançailles seront célébrées en décembre). Manifestement Kafka est lui-même décidé au mariage.

Nuit du 22 au 23 septembre : rédaction du *Verdict* en quelques heures. Joie de Kafka à l'idée d'avoir quelque chose de beau pour la revue que Max Brod va lancer. Première lecture publique de ce texte chez Oskar Baum le 24.

Le 28, deuxième lettre à Felice Bauer. « Kafka en extase passe ses nuits à écrire » (selon Max Brod), il a repris entièrement son romain américain. *Le Soutier*, premier chapitre du roman, est donc écrit à cette époque (première lecture à ses amis le 6 octobre).

OCTOBRE.

Kafka donne à son roman sa forme définitive. Il est porté par son sujet et écrit vite (au total plus de 500 pages que plus tard pourtant il jugea pour la plupart « complètement ratées »). Il ne publiera que le premier chapitre, *Le Soutier* (en mai 1913).

Le 6, Kurt Wolff adresse à Kafka les premières épreuves de *Regard*.

Le 8, toujours des soucis à propos de l'usine. Lamentations de la mère et reproches muets du père. « Je les hais tous à tour de rôle. » Tentation du suicide. Intervention discrète de Max Brod auprès de la mère.

Troisième lettre à Felice Bauer le 13 octobre.

Le 23 octobre, première lettre reçue de Felice. Accélération immédiate du rythme des lettres envoyées par l'écrivain (les 23, 24, 27, 28, 31).

Au cours du mois a paru, dans la revue *Herder Blätter*, à Prague, un texte très autobiographique, pris dans le *Journal* : « Vacarme » (écrit un an plus tôt, le 5 novembre 1911).

NOVEMBRE.

Le rythme des lettres adressées à Felice s'est encore accéléré, en même temps, leur ton et leur contenu évoluent sensiblement. Trois lettres dans la seule journée du 11 novembre : dans la première, Kafka inaugure la suscription « Très chère Mademoiselle », dans la troisième, il passe pour la première fois au tutoiement. Il lui écrira bientôt jour et nuit (plus de cent lettres de la fin octobre à la fin de l'année, près de deux cents pages imprimées dans l'édition de la Pléiade).

Kafka doute de plus en plus de sa capacité à poursuivre la rédaction de son roman (un « bourbier »).

Le 17 novembre, début de la rédaction de *La Métamorphose*. Felice est informée de la progression du texte.

Le 24 novembre, lecture de la première partie de *La Métamorphose* chez Oskar Baum. Il apprend ce même jour qu'il va lui falloir en interrompre la rédaction pour s'occuper de l'usine.

Le 25 novembre, Kafka accepte de lire *Le Verdict* en public à l'invitation de Willy Hass, de l'association Herder (date prévue, le 4 décembre).

Le 27 novembre, il décide de consacrer son congé de Noël à continuer, voire achever, son roman qui est actuellement « en panne » pour cause de *Métamorphose*.

DÉCEMBRE.

Le 1er, la troisième partie de *La Métamorphose* commence à prendre forme. Les circonstances de la rédaction de ce texte sont sans rapport avec celles du *Verdict* (rédigé en une nuit, sans interruption).

Le 4 décembre, lecture publique du *Verdict* à Prague, à l'association Herder.

Kafka fait mourir Gregor Samsa dans la nuit du 5 au 6 décembre.

Nuit du 6 au 7 décembre : fin de la rédaction de *La Métamorphose*. Kafka n'est pas content de sa dernière partie.

Le 10, première édition d'un livre de Kafka, *Regard*, à Leipzig, aux éditions Ernst Rowohlt, dédié à Max Brod.

Le 11, Kafka adresse à sa direction une longue lettre par laquelle il demande la réévaluation de son traitement et de sa situation hiérarchique.

En décembre, Kafka continue de travailler à son roman américain *L'Oublié* mais a de plus en plus le sentiment d'échouer. Il se déclarera vaincu par lui à la fin de janvier 1913 et le laissera inachevé.

Le 15, fiançailles de Max Brod. « Ces fiançailles me l'enlèvent. » Il écrit à Felice que la fiancée, Elsa Taussig, « a dans l'ensemble une nature douce, tendre, prudente, elle lui est dévouée [à Brod] au-delà de toute mesure..., mais quand même, quand même ». Qu'aura compris Felice Bauer ?

A la fin de l'année, la vie de Kafka écrivain est encore plus assiégée qu'au début. En janvier 1912, il ne lui restait plus qu'à chasser son travail de bureau pour commencer sa vraie vie, ayant à cette date déjà fait le sacrifice — pour reprendre ses propres termes — des joies du sexe, du boire, du manger, de la réflexion philosophique et de la musique. En décembre, le travail professionnel est plus là que jamais, auquel s'ajoute la responsabilité de diriger l'usine d'amiante.

Et puis, dans sa vie, il y a maintenant Felice...

Dessin de Franz Kafka. Archives Klaus Wagenbach, Berlin. « Rien, rien, c'est ainsi que je fais naître des fantômes ».

I. KAFKA ET HOFMANNSTHAL (1874-1929)

« L'influence de la " Lettre de Lord Chandos " [sur Kafka écrivant *Description d'un combat*] n'est pas douteuse. » Claude David, qui l'affirme, a évoqué ce texte célèbre dans *La Métamorphose et autres récits* (p. 199).

La lettre est censée avoir été adressée à Sir Francis Bacon en 1603. L'auteur y évoque ses anciennes illusions, il pressent la possibilité d'un nouveau langage susceptible de dire le réel et sa richesse, mais finalement fait le choix d'une « existence hors de l'esprit » (et de la littérature). On pense bien sûr à Rimbaud rédigeant *Une saison en enfer*. Kafka pour sa part fera un choix inverse et sacrifiera tout à sa « vraie vie », la littérature.

Hugo von Hofmannsthal, « Lettre de Lord Chandos », 1902 (publiée en 1904), extraits, Gallimard, 1989, traduction de Jean-Claude Schneider.

[...] Toute l'existence m'apparaissait autrefois, dans une sorte d'ivresse continuelle, comme une grande unité : univers spirituel et corporel ne semblaient pas constituer de contradiction, non plus que la courtoisie et la bestialité, l'art et l'inculture, la solitude et la société ; en tout je percevais la nature, dans les errements de la folie comme dans les raffinements extrêmes d'un cérémonial espagnol ; dans la balourdise des jeunes paysans non moins que dans les plus exquises allégories ; et dans toute nature je percevais moi-même ; [...] partout j'étais dedans, ne percevant aucune apparence trompeuse : ou bien j'avais le pressentiment que tout était symbole, et chaque créature la clef d'une autre, et je me sentais en état d'empoigner l'une après l'autre pour déchiffrer avec son aide autant qu'elle en pouvait déchiffrer.

[...] Mon cas, en bref, est celui-ci : j'ai complètement perdu la faculté de méditer ou de parler sur n'importe quoi avec cohérence.

D'abord il me devint peu à peu impossible de disputer d'une matière élevée ou assez générale, de fournir alors à ma bouche ces mots dont pourtant, d'habitude, tous les hommes font un usage spontané, sans hésiter. J'éprouvais un malaise inexplicable à seulement prononcer les mots « esprit », « âme », ou « corps ». [...] Les termes abstraits, dont la langue pourtant doit se servir de façon naturelle pour prononcer n'importe quel verdict, se décomposaient dans ma bouche tels des champignons moisis.

[...]

Or ce doute s'amplifia peu à peu comme une rouille qui ronge autour d'elle. Même dans les conversations usuelles et terre à terre, tous les jugements qu'on émet d'ordinaire à la légère et avec la sûreté d'un somnambule me devinrent si scabreux que je dus cesser de prendre aucune part à de telles discussions. Une irritation inexplicable, que je dissimulais à grand-peine et de manière indigente, m'envahissait, quand j'entendais des paroles du genre : cette affaire s'est bien ou mal terminée pour tel ou tel ; le shérif N* est un méchant, le prêtre T* est un homme bon ; le fermier M* est à plaindre, ses fils sont des gaspilleurs ; un autre est enviable, parce que ses filles sont économes ; une famille s'élève socialement, une autre tombe en déchéance. Tout cela me semblait si indémontrable, si erroné, aussi véreux qu'il est possible. Mon esprit m'obligeait à regarder toutes les choses qui se présentaient au cours de tels entretiens à une distance inhabituellement proche : de même qu'une fois j'avais vu dans un microscope un bout de la peau de mon petit doigt, qui ressemblait à une rase campagne avec des sillons et des cavités, de même en allait-il à présent avec les êtres humains et avec leurs agissements. Je ne parvenais plus à les saisir avec le regard simplificateur de l'habitude. Tout se décomposait en fragments, et ces fragments à leur tour se fragmentaient, rien ne se laissait plus enfermer dans un concept. Les mots flottaient, isolés, autour de moi ; ils se figeaient, devenaient des yeux qui me fixaient et que je devais fixer en retour : des tourbillons, voilà ce qu'ils sont, y plonger mes regards me donne le vertige, et ils tournoient sans fin, et à travers eux on atteint le vide.

Depuis lors, je mène une existence que vous aurez du mal à concevoir, je le crains, tant elle se déroule hors de l'esprit, sans une pensée ; une existence qui certes diffère à peine de celle de mon voisin, de mes proches et de la plupart des gentilshommes campagnards de ce royaume, et qui n'est pas sans des instants de joie et d'enthousiasme. Il ne m'est pas aisé d'esquisser pour vous de quoi sont faits ces moments heureux ; les mots une fois de plus m'abandonnent. Car c'est quelque chose qui ne possède aucun nom et d'ailleurs ne peut guère en recevoir, cela qui s'annonce à moi dans ces instants, emplissant comme un vase n'importe quelle apparence de mon entourage quotidien d'un flot débordant de vie exaltée. Je ne peux attendre que vous me compreniez sans un exemple et il me faut implorer votre indulgence pour la puérilité de ces évocations. Un arrosoir, une herse à l'abandon dans un champ, un chien au soleil, un cimetière misérable, un infirme, une petite maison de paysans, tout cela peut devenir le réceptable de mes révélations. Chacun de ces objets, et mille autres semblables dont un œil d'ordinaire se détourne avec une indifférence évidente, peut prendre pour moi soudain, en un moment qu'il n'est nullement en mon pouvoir de provoquer, un caractère sublime et si émouvant, que tous les mots, pour le traduire, me paraissent trop pauvres. Bien plus, à la représentation précise d'un objet absent peut échoir en partage ce destin incompréhensible d'être emplie jusqu'au bord du flux doux et brutal de ce sentiment divin [...].

II. KAFKA ET L'EXPRESSIONNISME

Évoquant par exemple les œuvres de Gottfried Benn ou d'Alfred Döblin, et après avoir rappelé que les nouvelles *Le Verdict* et *La Métamorphose* avaient été d'abord publiées dans *Der Jüngste Tag*, une revue largement ouverte aux expressionnistes, J.-M. Glicksohn est amené à faire le point sur le rapport de Kafka à l'expressionnisme. Il relève certes d'indiscutables convergences, comme le thème du parricide, ou la « nostalgie de la communauté » (pp. 30-33). Au sujet de la construction des nouvelles de Gottfried Benn et de la manière dont elle parvient à « donner au délire une sorte de légitimité, celle d'une présence qui s'impose en dépit de son refus des normes », J.-M. Glicksohn écrit :

Jean-Michel Glicksohn, *L'Expressionnisme littéraire*, PUF, coll. « Littératures modernes », 1990.

C'est, évidemment, dans une telle perspective que l'œuvre de Kafka s'inscrit parmi celle des expressionnistes. Il est, rappelons-le, leur exact contemporain et entretint des relations avec certains d'entre eux, notamment Franz Werfel. Mais Kafka avait peu de goût pour les aspects extérieurs de la vie littéraire et s'en tenait éloigné. Au demeurant, les outrances des expressionnistes lui déplaisaient. A propos d'un recueil de poèmes de Johannes R. Becher, il confie a un ami : « Je ne comprends pas ces poèmes. Il règne ici un tel bruit et un tel tourbillon de mots [...]. Les mots ne s'y unissent pas pour former un langage. C'est un cri. C'est tout. » et, à propos de l'anthologie *Crépuscule de l'humanité* : « Ce livre me rend triste. Les poètes tendent les mains vers les hommes. Mais les hommes ne voient pas des mains amicales, mais seulement des poings serrés convulsivement, qui visent les yeux et les cœurs. »

Comment, cependant, ne pas voir la parenté d'un récit comme *La Métamorphose*, par exemple, avec les entreprises, contemporaines, d'Einstein, de Döblin et de Benn ? La conscience humaine de Gregor Samsa survit à sa métamorphose et entretient avec son nouveau corps une relation d'où l'incrédulité ne disparaît jamais. Quant à son entourage, il cesse peu à peu d'identifier ce corps avec la personne dont il est la nouvelle enveloppe. Bien que la conscience du héros soit préservée, l'intégrité de sa personne est brisée, car elle cesse d'être garantie par la double reconnaissance de la conscience de soi et du regard d'autrui. Cette dissociation et ce malaise, cette situation de paroxysme rapprochent l'œuvre de Kafka des récits expressionnistes.

Le rapprochement vaut également pour le rapport que ces récits établissent entre leur argument explicite et leur éventuelle signification. Chez Döblin, le délire figure peut-être une question sur la condition humaine. Mais l'aspect visiblement pathologique du délire ne laisse à cette question qu'une validité conjecturale et ne débouche évidemment pas sur un sens intelligible. Le dispositif, chez Kafka, est identique, mais prive le lecteur de tout recours à une explication psychopathologique des événements. Si la métamorphose du héros en vermine est à lire plutôt comme une allégorie que comme une hallucination, cette allégorie n'est pas susceptible d'une glose qui fasse l'unanimité. Le héros est bien obligé d'accepter ce qui lui arrive sans en comprendre la cause ni le sens. Kafka place le lecteur dans la même situation. Et s'il tente d'y échapper par le moyen de l'exégèse, l'incertitude du sens l'y réinstalle. Si bien qu'une espèce de contagion fait participer le lecteur à la déréliction du héros. Il reste que chez Kafka comme chez Einstein, Benn et Döblin, une situation paroxystique, voire irréelle porte une interrogation sans réponse sur la condition humaine. Mais Kafka, contrairement aux expressionnistes, se gardait de tout paroxysme dans le style.

En cela, Kafka s'oppose absolument au « représentant le plus typique de l'expressionnisme », Kasimir Edschmid, qui cultivait habilement cette esthétique du paroxysme comme dans *La Vie déchaînée (Das rasende Leben)*. Conclusion de J.-M. Glicksohn (p. 144) :

Les grands contemporains de l'expressionnisme demeurèrent complètement étrangers au mouvement et à son esthétique, comme Thomas Mann, ou bien ne participèrent de l'expressionnisme que par quelques aspects fragmentaires de leurs œuvres (c'est le cas de Rainer Maria Rilke) ou bien, si l'on songe à Kafka, dominèrent l'expressionnisme de trop haut pour qu'on puisse considérer qu'ils l'incarnent, même si certains de ses traits essentiels sont présents dans leurs œuvres.

III. KAFKA ET LE TRAVAIL DE L'ÉCRIVAIN

Kafka, souvent, n'a pas tant retravaillé sur son manuscrit que réécrit son texte en entier, dont on possède quelquefois de nombreuses versions.

Ainsi du « Malheur du célibataire », dans *Regard* (M., p. 44).

Une première version date du 14 novembre 1911 (O.C. II, p. 865, traduction de Marthe Robert, elle est citée dans M., pp. 203-204, traduction de Claude David).

Une deuxième version apparaît dans le *Journal* entre le 3 et le 8 novembre 1911 (O.C. II, pp. 172-173, traduction de Marthe Robert), déjà plus courte. Kafka a, en cela, suivi les conseils de Max Brod qui l'a mis en garde contre le fait d'écrire de longs textes, ils ont pour lui quelque chose de « gélatineux » (O.C. III, p. 175).

Le malheur du célibataire, qu'il soit apparent ou réel, est si facile à deviner pour son entourage que, s'il a choisi de devenir célibataire par amour du secret, il maudira sa décision, quoi qu'il arrive. Il est vrai qu'il se promène partout avec une redingote bien fermée, les mains dans de hautes poches, les coudes pointus, le chapeau enfoncé sur la figure ; le sourire faux qui lui est devenu naturel est là pour protéger sa bouche comme le lorgnon protège ses yeux, il a un pantalon plus étroit qu'il ne sied à des jambes maigres. Mais chacun sait où il en est, chacun peut lui énumérer tout ce qu'il souffre. Il reçoit au visage le souffle froid qui sort de ce cœur dans lequel il regarde avec la seconde moitié de son double visage, plus triste encore que l'autre. Il déménage positivement sans relâche, mais toujours dans les formes attendues.

Plus il s'écarte des vivants — vivants pour lesquels, et c'est bien là la pire des dérisions, il lui faut travailler comme un esclave conscient qui n'a même pas le droit de s'avouer pour tel —, plus un petit espace est jugé suffisant pour lui. Tandis que les autres, et eussent-ils été alités toute leur vie, obligent la mort à les abattre — quand ils seraient tombés depuis longtemps d'eux-mêmes, abattus par leur propre faiblesse, ils se raccrochent encore à leur famille, parents et époux qui sont forts, aimants, bien portants —, lui, le célibataire, se résigne apparemment de son propre gré à occuper au beau milieu de la vie un espace de plus en plus restreint, et quand il meurt, le cercueil est tout juste à sa mesure.

Manifestement, Kafka a voulu donner une forme plus littéraire à son texte, et en même temps plus pathétique. Il parvient mal à cette époque à éviter, et l'expression directe de sa vie quotidienne, et « l'écriture artiste ».

Le 27 décembre 1911 dans son *Journal*, Kafka revient sur le même sujet, sans qu'on puisse déterminer s'il s'agit d'une notation personnelle ou de l'ébauche d'un texte littéraire (O.C. III, pp. 202-203).

27 décembre. — Un homme malheureux qui doit rester sans enfants est terriblement enfermé dans son malheur. Aucun espoir de renouvellement, aucune aide à attendre de constellations plus favorables. Marqué par le malheur, il lui faut aller son chemin et s'estimer heureux quand son cycle est achevé sans prendre un nouveau point de départ pour voir si, sur un chemin plus long et dans d'autres conditions physiques et temporelles, ce malheur qu'il a subi ne pourrait pas se perdre ou même donner naissance à un bien.

Le texte imprimé dans *Regard* est donc une quatrième version de cette histoire de célibataire.

IV. ACCUEIL CRITIQUE DU PREMIER LIVRE, *REGARD*

De toutes les critiques parues sur *Regard*, les plus « gentilles » ont été, au dire de Kafka lui-même, celles d'Ehrenstein et de Brod (lettre à Kurt Wolff, 20 octobre 1915, O.C. III, p. 743).

Albert Ehrenstein, *Berliner Tageblatt*, 16 avril 1913, traduction de Claudine Raboin, dans *Les Critiques de notre temps et Kafka*, © Garnier, 1973.

Un livre étrange, un beau livre, œuvre d'un écrivain génial et subtil à la fois. A l'encontre des autres Pragois, Franz Kafka est un homme discret. [...] Il n'use de l'alphabet que de manière allusive ; il renonce intentionnellement, par souci de pureté, à l'épaisseur du sentiment. Il est clair qu'il est aux antipodes de sa nature de bâtir un livre, œuvre somme toute prosaïque, avec une intention précise et de façon autoritaire, comme ferait n'importe quel administrateur ou organisateur. Ce qui caractérise ce chef-d'œuvre, comme d'ailleurs tous les chefs-d'œuvre inaccessibles à la foule, c'est qu'il n'est pas possible d'en faire un compte rendu, qu'il résiste à l'analyse du commentateur, qu'il est là, intouchable pour bien longtemps encore — et qu'il est pourtant si fragile qu'il semble que le premier souffle pourrait l'emporter.

Les actions que montre Kafka sont minces, les émotions réduites, fragiles et timides comme les images d'un rêve que la raison ne saurait pourtant détruire. Ce livre plein de noblesse est fait d'arabesques délicatement folles, ce sont les notations d'un locataire et sous-locataire de l'existence en passe de disparaître, introuvable. [...] Kafka ne s'affirme pour ainsi dire que vis-à-vis de son carnet de notes. Ce qu'il dit semble émaner, comme un murmure, d'une de ces existences peu attrayantes, mornes, comme reléguées, telles qu'on n'en rencontre plus que dans les royaumes et les pays administrés par le Conseil impérial d'Autriche. Une prose étrangement lyrique, sans pointes et encore plus dépourvue de fantaisie que celle d'un Peter Altenberg. Un livre remarquablement grand et beau, œuvre d'un écrivain génial et subtil.

Dans l'hebdomadaire *März* du 15 février 1913, cette critique de l'ami Brod qui avait suivi de très près la genèse du recueil (Kafka le lui avait d'ailleurs dédié) :

Traduction de Claudine Raboin, *ibid.*

[...] Il va de soi qu'il est impossible d'appliquer ici les critères auxquels on recourt d'ordinaire pour les premiers livres d'un nouvel auteur. Ne serait-ce que pour une raison évidente, à savoir que Kafka, qui a trente ans, écrit depuis sa jeunesse avec une assiduité continue. Mais sa rigueur et son sens de l'absolu se retournent en premier lieu contre sa propre production littéraire ; et lorsque ses amis, après l'avoir supplié pendant des années, ont pu enfin le convaincre de faire éditer un livre, il n'a sélectionné dans ses piles de manuscrits que ces quelques morceaux de prose, que les éditions Rowohlt ont publiés, en hommage à leur valeur, dans une édition de luxe de 800 exemplaires numérotés. Pourtant, même ses amis les plus intimes ne discernent pas la supériorité de ces morceaux-là sur les trésors qui, selon le vœu de l'auteur, restent provisoirement cachés. La différence n'est sans doute pas à chercher dans les détails, mais sûrement dans la qualité du sentiment, sur lequel l'auteur veille avec une intransigeance flaubertienne. C'est l'amour du divin, de l'absolu qui parle à chaque ligne. Et avec une telle évidence que l'on n'a pas besoin de proclamer la morale fondamentale du livre : c'est en quoi ce livre se distingue de toute la masse des œuvres édifiantes des charlatans de la littérature. Ce que nous offre cette œuvre, c'est l'expérience enfin vécue — et inexprimée pour cette raison — de la plongée mystique dans l'idéal ; et voici qu'à la surface s'édifient, avec une légèreté en apparence facile, un pathétique nouveau, un nouvel humour, une nouvelle mélancolie. Images fantastiques : l'excursion en montagne de, littéralement, « personne ». Ou les arabesques dialectiques de paradoxes très subtils, qui passent presque inaperçus : « Car nous sommes comme des troncs d'arbre dans la neige. Ils ont l'air d'être seulement posés sur la neige, et on devrait pouvoir les pousser d'une pichenette. Mais non, on ne le peut pas, car ils sont solidement accrochés au sol. Mais voilà, même cela n'est qu'une apparence. »

Signalons pour la bibliographie qu'on trouve d'autres textes de Kafka dans l'*Hyperion* de Blei. La revue *Arkadia* (éditions Rowohlt) va publier une nouvelle plus importante : *Le Verdict*.

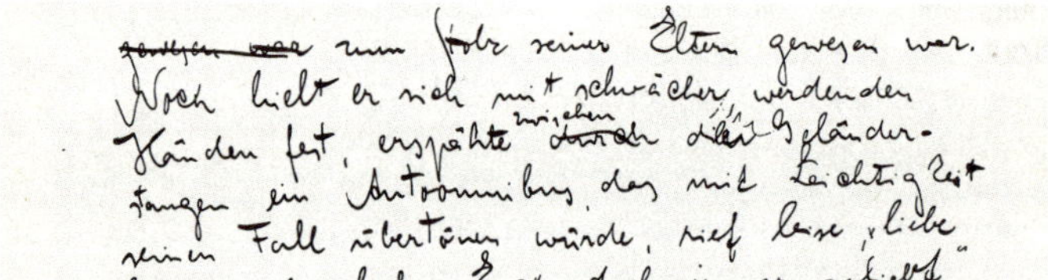
zum Stolz seiner Eltern gewesen war.
Noch hielt er sich mit schwächer werdenden Händen fest, erspähte zwischen den Geländerstangen einen Autoomnibus, der mit Leichtigkeit seinen Fall übertönen würde, rief leise: „Liebe Eltern, ich habe Euch doch immer geliebt" und ließ sich herabfallen.
In diesem Augenblick gieng über die Brücke ein geradezu unendlicher Verkehr.
—
23 Diese Geschichte „das Urteil" habe ich in der Nacht vom 22 zum 23 von 10 Uhr abends bis 6 Uhr früh in einem Zug geschrieben. Die vom Sitzen steif gewordenen Beine konnte ich kaum unter dem Schreibtisch hervorziehn. Die fürchterliche Anstrengung und Freude, wie sich die Geschichte vor mir entwickelte

Dernière page du manuscrit du *Verdict*, et début de la notation du *Journal*, 23 septembre 1912. Archives Klaus Wagenbach, Berlin.

V. KAFKA ET *LE VERDICT*

Aussitôt après avoir rédigé *Le Verdict*, au matin du 23 septembre 1912, Kafka a précisé dans son *Journal* les circonstances dans lesquelles il avait écrit ce texte et sa nouvelle certitude : « Tout peut être dit » (O.C. III, pp. 294-295, traduction de Marthe Robert).

23 septembre. — J'ai écrit ce récit — *Le Verdict* — d'une seule traite, de dix heures du soir à six heures du matin, dans la nuit du 22 au 23. Je suis resté si longtemps assis que c'est à peine si je puis retirer de dessous le bureau mes jambes ankylosées. Ma terrible fatigue et ma joie, comment l'histoire se déroulait sous mes yeux, j'avançais en fendant les eaux. A plusieurs reprises durant cette nuit, j'ai porté le poids de mon corps sur mon dos. Tout peut être dit, toutes les idées, si insolites soient-elles, sont attendues par un grand feu dans lequel elles s'anéantissent et renaissent. Comment tout devint bleu devant ma fenêtre. Une voiture passa. Deux hommes marchèrent sur le pont. A deux heures, je regardai ma montre pour la dernière fois. Quand la bonne a traversé le vestibule, j'écrivais la dernière phrase. La lampe éteinte, clarté du jour. Légères douleurs au cœur. La fatigue disparaissant au milieu de la nuit. Mon entrée tremblante dans la chambre de mes sœurs. Comment, auparavant, je m'étire devant la bonne et dis : « J'ai travaillé jusqu'à maintenant. » La vue de mon lit intact, comme si on venait de l'apporter à l'instant dans la chambre. Ma certitude est confirmée, quand je travaille à mon roman, je me trouve dans les bas-fonds honteux de la littérature. *Ce n'est qu'ainsi* qu'on peut écrire, avec cette continuité, avec une ouverture aussi totale de l'âme et du corps. Le matin au lit. Mon regard toujours clair. Tout au long de mon travail, j'ai été accompagné par de nombreux sentiments, joie, par exemple, d'avoir quelque chose de beau pour l'*Arkadia* de Max, souvenir de Freud naturellement, souvenir d'un passage de *Arnold Beer*, de Wassermann, de la *Riesin* de Werfel, ainsi, bien entendu, que de mon propre *Monde citadin*.

Ces notations de Kafka dans son *Journal* sont immédiatement suivies d'un fragment narratif sur un certain Gustave Blenkelt, un célibataire (O.C. II, pp. 191-192).

« A l'occasion de la correction des épreuves », quelques mois plus tard, Kafka découvrira dans son texte des aspects qu'il n'avait pas d'abord soupçonnés (*Journal*, 11 et 12 février 1913, O.C. III, pp. 296-297).

11 février. — A l'occasion de la correction des épreuves du *Verdict*, je note, dans la mesure où elles me sont présentes à l'esprit, toutes les associations qui ont pris un sens clair pour moi dans l'histoire. Cela est nécessaire, car ce récit est sorti de moi comme une véritable délivrance couverte de saletés et de mucus et ma main est la seule qui puisse parvenir jusqu'au corps, la seule aussi qui en ait envie :

L'ami forme la liaison entre le père et le fils, c'est leur plus grand avoir commun. Assis tout seul à sa fenêtre, Georg fouille avec volupté dans ce fonds commun, s'imagine avoir le père en lui et, à part un état passager de rêverie mélancolique, se croit en paix avec toutes choses. Le développement du récit montre alors comment le père surgit du fonds commun — de l'ami — et se dresse en antagoniste de Georg, grâce aux forces accrues qu'il puise dans d'autres éléments communs de moindre importance, grâce notamment à l'amour et au dévouement de la mère, à la fidélité qu'il lui garde, à la clientèle, puisque c'est bien le père qui, à l'origine, l'a formée pour la maison de commerce. Georg n'a rien ; la fiancée, qui n'existe dans le récit que relativement à l'ami et qui, la noce n'ayant précisément pas eu lieu, ne peut entrer dans le cercle de sang qui se trace autour du père et du fils, est facilement éliminée par le père. Tout l'avoir commun est amoncelé autour du père. Georg ne le sent que comme quelque chose d'étranger, quelque chose qui a gagné son indépendance, ne saurait jamais être assez protégé par lui et se trouve exposé aux révolutions russes ; et si le verdict qui lui ferme complètement le cœur paternel influe aussi fortement sur lui, c'est uniquement parce qu'il n'a plus en propre que le regard qu'il tourne vers son père.

Georg a le même nombre de lettres que Franz. Dans Bendemann, « mann » n'est qu'un renforcement de « Bende » proposé pour toutes les possibilités du récit que je ne connais pas encore. Mais Bende a le même nombre de lettres que Kafka et la voyelle *e* s'y répète à la même place que la voyelle *a* dans Kafka.

Frieda a le même nombre de lettres que F. et la même initiale, Brandenfeld a la même initiale que B. et aussi un certain rapport de sens avec B. par le mot « feld[1] ». Il se peut que la pensée de Berlin n'ait pas été sans m'influencer et que le souvenir de la marche de Brandebourg ait également joué un rôle.

1. « Feld » signifie « champ » et « Bauer », « paysan », d'où le rapport noté par Kafka.

VI. TRADUCTIONS COMPARÉES DU DÉBUT DE *LA MÉTAMORPHOSE*

Texte de Kafka :

« Was ist mit mir geschehen ? »

Als Gregor Samsa eines Morgens aus unruhigen Träumen erwachte, fand er sich in seinem Bett zu einem ungeheueren Ungeziefer verwandelt. Er lag auf seinem panzerartig harten Rücken und sah, wenn er den Kopf ein wenig hob, seinen gewölbten, braunen, von bogenförmigen Versteifungen geteilten Bauch, auf dessen Höhe sich die Bettdecke, zum gänzlichen Niedergleiten bereit, kaum noch erhalten konnte. Seine vielen, im Vergleich zu seinem sonstigen Umfang kläglich dünnen Beine flimmerten ihm hilflos vor den Augen.

« Was ist mit mir geschehen ? » dachte er. Es war kein Traum. Sein Zimmer, ein richtiges, nur etwas zu kleines Menschenzimmer, lag ruhig zwischen den vier wohlbekannten Wänden.

Traduction d'Alexandre Vialatte (1928) dans la *N.R.F.* puis en volume (1938). Souvent rééditée. Texte donné par O.C. II, pp. 192 et suivantes.

« Que m'est-il arrivé ? »

Un matin, au sortir d'un rêve agité, Grégoire Samsa s'éveilla transformé dans son lit en une véritable vermine. Il était couché sur le dos, un dos dur comme une cuirasse, et, en levant un peu la tête, il s'aperçut qu'il avait un ventre brun en forme de voûte divisé par des nervures arquées. La couverture, à peine retenue par le sommet de cet édifice, était près de tomber complètement, et les pattes de Grégoire, pitoyablement minces pour son gros corps, papillotaient devant ses yeux.

« Que m'est-il arrivé ? » pensa-t-il. Ce n'était pourtant pas un rêve : sa chambre, une vraie chambre d'homme, quoique un peu petite à vrai dire, se tenait bien sage entre ses quatre murs habituels.

Jean-Jacques Briu (il traduira *La Métamorphose* en 1988, voir ci-dessous), après avoir rappelé que la traduction d'Alexandre Vialatte, en 1928, avait été « un heureux événement », justifie sans peine, dans sa préface, son projet d'une nouvelle traduction :

Que penser d'un texte où, sans motivation, le nombre des mots non traduits avoisine les 800 et le nombre des mots rajoutés dans la traduction dépasse les 700 — en quelque 70 pages ? Si l'on retient, par exemple, les termes désignant les deux personnages principaux, on doit constater que « Grégoire » apparaît 61 fois de moins que « Gregor » dans le texte allemand, et « sœur » 38 fois de moins que « Schwester ». Comment la compréhension du récit de Kafka n'en serait-elle pas déjà sérieusement affectée ? Or, à cela s'ajoute une soixantaine d'erreurs sur des formes verbales. Et que penser quand « un quart d'heure de labeur » *(viertelstündige Arbeit)* est traduit par : « quatre heures qu'elles suaient à la besogne », « pommes » et « pommes rouges » par : « projectiles », « petites boules » et même « billes » ? Quand « quelques meubles » *(ein paar Möbel)* deviennent : « quelques morceaux de bois », ou bien encore quand, à la dernière page — nous ne pouvons nous étendre —, il est traduit : « malgré les crèmes de beauté » au lieu de... « malgré tous ces tourments » *(trotz aller Plage)* ?

Jusqu'en 1988, le public francophone n'a disposé que de cette traduction, historique à tous égards.

Traduction de Jean-Jacques Briu (1988), Éditions du Franc-Dire.

« Que m'est-il arrivé ? »

Un matin, après des rêves agités, Grégoire Samsa s'éveilla et se trouva métamorphosé dans son lit en un énorme insecte. Il était couché sur le dos, un dos dur comme une cuirasse, et, en levant un peu la tête, il vit son ventre brun, voûté, divisé par des renforts arqués ; au sommet de ce ventre, la couverture, à peine retenue, était près de glisser complètement. Ses nombreuses pattes, pitoyablement minces par rapport au reste de son corps, papillotaient maladroitement devant ses yeux.

« Que m'est-il arrivé ? » pensa-t-il. Ce n'était pas un rêve. Sa chambre, une vraie chambre humaine, juste un peu trop petite, était calme entre ses quatre murs familiers.

Traduction de Brigitte Vergne-Cain et Gérard Rudent (1988), Livre de Poche n° 6633 (n° 8706, édition bilingue).

« Qu'est-il advenu de moi ? »

Lorsque Gregor Samsa s'éveilla un matin, au sortir de rêves agités, il se trouva dans son lit métamorphosé en un monstrueux insecte. Il reposait sur son dos qui était dur comme une cuirasse, et, en soulevant un peu la tête, il apercevait son ventre bombé, brun, divisé par des arceaux rigides, au sommet duquel la couverture du lit, sur le point de dégringoler tout à fait, ne se maintenait que d'extrême justesse. D'impuissance, ses nombreuses pattes, d'une minceur pitoyable par rapport au volume du reste, papillonnèrent devant ses yeux.

« Qu'est-il advenu de moi ? » pensa-t-il. Ce n'était pas un rêve. Sa chambre, une vraie chambre humaine quoiqu'un peu trop petite, était là, paisible entre les quatre murs familiers.

Traduction de Bernard Lortholary (1988), Garnier-Flammarion, n° 510.

« Qu'est-ce qui m'est arrivé ? »

En se réveillant un matin après des rêves agités, Gregor Samsa se retrouva, sans son lit, métamorphosé en un monstrueux insecte. Il était sur le dos, un dos aussi dur qu'une carapace, et, en relevant un peu la tête, il vit, bombé, brun, cloisonné par des arceaux plus rigides, son abdomen sur le haut duquel la couverture, prête à glisser tout à fait, ne tenait plus qu'à peine. Ses nombreuses pattes, lamentablement grêles par comparaison avec la corpulence qu'il avait par ailleurs, grouillaient désespérément sous ses yeux.

« Qu'est-ce qui m'est arrivé ? », pensa-t-il. Ce n'était pas un rêve. Sa chambre, une vraie chambre humaine, juste un peu trop petite, était là tranquille entre les quatre murs qu'il connaissait bien.

La traduction de ce même passage par Claude David (1989) se trouve dans M., pp. 79-80.

VII. ADIEU KAFKA ?

Une « variation » sur la vie et l'œuvre de Kafka, une vraie fausse édition critique sur le modèle de l'édition par Claude David des *Œuvres complètes* de Kafka dans la Pléiade. Un roman comme l'indique le sous-titre ?

Soixante-dix pages d'un essai d'un certain Max B. (qui n'est pas Max Brod !) sur un certain Franz Klaus : toute ressemblance avec Kafka... D'ailleurs, la première date que donne le texte est 1934, Kafka est mort depuis dix ans. Puis une anthologie de textes de ce Franz Klaus, certains longs, d'autres courts, certains achevés, d'autres non, accompagnés d'un appareil critique comparable en tous points à celui de la Pléiade. A côté des textes littéraires, des extraits d'un *Journal* (censé avoir été commencé en 1929).

On reconnaîtra sans peine l'écho, entre autres, de « Vacarme » dans cette page des *Cahiers* de Franz Klaus.

Janvier 1929.

Je rêve depuis toujours d'avoir un lieu à moi, si modeste soit-il, où je pourrais me tenir à l'abri d'une porte fermée. Il semble que ce ne soit pas possible. Nous vivons à quatre dans un appartement qui ne comporte que trois pièces. Mes parents ont leur chambre, c'est normal. Une autre chambre est occupée par mes sœurs ; c'est normal aussi puisqu'elles sont deux. Reste la dernière pièce, qui nous sert à la fois de salon et de salle à manger. Elle est assez grande pour qu'on ait pu m'y installer un divan. C'est donc là que je dors et que je travaille, au milieu du vacarme. Je n'ai aucun droit particulier sur ce lieu : il appartient à tout le monde. Dans la journée, je bénéficie d'un certain calme : les parents sont au magasin et je n'ai pas trop de mal à obtenir que mes sœurs restent dans leur chambre où elles tiennent d'intermi-

Adieu Kafka, de Bernard Pingaud, Gallimard, 1989.

nables conciliabules. Mais le soir, toute la famille se rassemble autour de la table où j'ai disposé mes livres, mes cahiers. Mon père allume la T.S.F. et cherche ses pantoufles. Ma mère réclame de l'aide pour la préparation du dîner. Leni la rejoint à la cuisine, Grete commence à mettre le couvert. On s'interpelle d'une pièce à l'autre, la porte claque, je n'ai plus qu'à battre en retraite. Après le dîner il n'est pas rare que des amis nous fassent la surprise d'une visite. On boit un verre de prune ou de genièvre. Ou c'est l'oncle G. qui arrive tout droit de l'hôpital : il n'a pas eu le temps de passer chez lui, il est affamé. On réchauffe la soupe. Et même quand nous sommes entre nous, il y a toujours quelqu'un pour raconter une histoire, proposer une partie de cartes. Les chamailleries succèdent aux fous rires. Il ne sert à rien de réclamer un peu de silence, car personne ne se soucie de ma tranquillité. Au contraire : je dois, tout le temps qu'ils sont là, prendre part à la conversation générale sous peine de passer pour un esprit fort ou un grincheux. Comment écrire dans ces conditions ?

Il y a des années que mon père a parlé pour la première fois de déménager. Le projet revient régulièrement sur le tapis. Mais c'est plutôt l'occasion d'une de ces scènes de famille dont nous sommes friands (elles commencent par des cris et finissent par des embrassades) qu'une intention véritable. Personne ne songe sérieusement à un départ. Déménager, cela voudrait dire changer de quartier, de fournisseurs, de voisins. Chaque immeuble a ses bruits, ses odeurs. Nous sommes trop habitués aux nôtres pour en imaginer de nouveaux. Et puis, l'oncle a décidé une fois pour toutes que cet appartement nous convenait, bien qu'il n'en subisse pas lui-même les multiples inconvénients. Et quand l'oncle a rendu son verdict, on ne le discute pas. Mais la vraie raison n'est pas là. Je crois que la vraie raison est qu'ils aiment vivre ainsi, à l'étroit, les uns sur les autres. Leur ennemi n'est pas l'espace, c'est la solitude. Je serais mal venu de le leur reprocher, moi qui désire si fort la solitude et qui en ai si peur[1].

Note de « M.B. » qui confirme l'authenticité de cette description de l'appartement (p. 348) :

P. 224

1. L'appartement dont il est question ici est celui de la Ferdinandstrasse, que les parents de Franz se sont, en effet, toujours refusés à quitter. La description sommaire qu'il en donne correspond en gros à la réalité. Ce texte est aussi le seul où Franz évoque ses deux sœurs. Elles ont eu, l'une et l'autre, un destin tragique. Grete, je l'ai dit, est morte dans un accident d'auto aux États-Unis, pendant la guerre. Quant à Leni, elle se trouvait malheureusement à Dresde, avec son mari, en février 1945 et a péri dans le bombardement de la ville. Elle avait deux enfants, un garçon et une fille, qui ont été élevés par leur grand-mère allemande, et qui ont aujourd'hui quatorze et onze ans. Je ne crois pas qu'ils aient beaucoup entendu parler de leur oncle. Ce livre sera, pour eux, l'occasion de le découvrir.

VIII. LE DERNIER MOT ?

Citer cinq, ou dix, ou cent autres critiques aurait été de toute façon arbitraire, tant les études consacrées à Kafka sont nombreuses. S'il est vrai que « nous ne comprenons [son œuvre] qu'en la trahissant », autant donner le « dernier mot » à celui qui nomme le malentendu de toute lecture et qui, plus qu'aucun autre, rappelle la primauté de l'appropriation personnelle de l'œuvre de Kafka : Maurice Blanchot.

« La lecture de Kafka » (1943) figure dans le recueil intitulé *De Kafka à Kafka* qui contient onze études sur Kafka parues de 1943 à 1968. Les dernières pages évoquent *La Métamorphose*, *Le Verdict* aussi, *Le Procès* enfin, et suggèrent ainsi, par-delà tous les malentendus, l'unité secrète et évidente à la fois de toute l'œuvre de Kafka.

Maurice Blanchot, « La lecture de Kafka » in *De Kafka à Kafka*, Gallimard, Idées n° 453, pp. 62 et suivantes.

[...] Les principaux récits de Kafka sont des fragments, l'ensemble de l'œuvre est un fragment. Ce manque pourrait expliquer l'incertitude qui rend instables, sans en changer la direction, la forme et le contenu de leur lecture. Mais ce manque n'est pas accidentel. Il est incorporé au sens même qu'il mutile : il coïncide avec la représentation d'une absence qui n'est ni tolérée ni rejetée. Les pages que nous lisons ont la plus extrême plénitude, elles annoncent une œuvre à qui rien ne fait défaut, et d'ailleurs toute l'œuvre est comme donnée dans ces développements minutieux qui s'interrompent brusquement, comme s'il n'y avait plus rien à dire. Rien ne leur manque, même pas ce manque qui est leur objet : ce n'est pas une lacune, c'est le signe d'une impossibilité qui est partout présente et n'est jamais admise — impossibilité de l'existence commune, impossibilité de la solitude, impossibilité de s'en tenir à ces impossibilités.

Ce qui rend angoissant notre effort pour lire, ce n'est pas la coexistence d'interprétations différentes, c'est, pour chaque thème, la possibilité mystérieuse d'apparaître tantôt avec un sens négatif, tantôt avec un sens positif. Ce monde est un monde d'espoir et un monde condamné, un univers à jamais clos et un univers infini, celui de l'injustice et celui de la faute. Ce que lui-même dit de la connaissance religieuse : « La connaissance est à la fois degré menant à la vie éternelle et obstacle dressé devant cette vie », doit se dire de son œuvre : tout y est obstacle, mais tout aussi peut y devenir degré. Peu de textes sont plus sombres, et pourtant, même ceux dont le dénouement est sans espoir, restent prêts à se renverser pour exprimer une possibilité ultime, un triomphe ignoré, le rayonnement d'une prétention inaccessible. A force de creuser le négatif, il lui donne une chance de devenir positif, une chance seulement, une chance qui ne se réalise jamais tout à fait et à travers laquelle son contraire ne cesse de transparaître.

[...]

Le thème de *La Métamorphose* est une illustration de ce tourment de la littérature qui a son manque pour objet et qui entraîne le lecteur dans une giration où espoir et détresse se répondent sans fin. L'état de Grégoire est l'état même de l'être qui ne peut pas quitter l'existence, pour qui exister c'est être condamné à retomber toujours dans l'existence. Devenu une vermine, il continue à vivre sur le mode de la déchéance, il s'enfonce dans la solitude animale, il s'approche, au plus près de l'absurdité et de l'impossibilité de vivre. Mais, que se passe-t-il ? Précisément, il continue à vivre ; il ne cherche même pas à sortir de son malheur, mais à l'intérieur de ce malheur il transporte une dernière ressource, un dernier espoir, il lutte encore pour sa place sous le canapé, pour ses petits voyages sur la fraîcheur des murs, pour la vie dans la saleté et la poussière. Et ainsi, il nous faut bien espérer avec lui, puisqu'il espère, mais il faut bien aussi désespérer de cet effrayant espoir qui se poursuit, sans but, à l'intérieur du vide. Et puis, il meurt : mort insupportable, dans l'abandon et dans la solitude — et pourtant mort presque heureuse par le sentiment de la délivrance qu'elle représente, par le nouvel espoir d'une fin à présent définitive. Mais bientôt ce dernier espoir à son tour se dérobe ; ce n'est pas vrai, il n'y a pas eu de fin, l'existence continue, et le geste de la jeune sœur, son mouvement d'éveil à la vie, d'appel à la volupté sur lequel le récit s'achève, est le comble de l'horrible, il n'y a rien de plus effrayant dans tout ce conte. C'est la malédiction même et c'est aussi le renouveau, c'est l'espérance, car la jeune fille veut vivre, et vivre c'est déjà échapper à l'inévitable.

Les récits de Kafka sont, dans la littérature, parmi les plus noirs, les plus rivés à un désastre absolu. Et ce sont aussi ceux qui torturent le plus tragiquement l'espoir, non parce que l'espoir est condamné, mais parce qu'il ne parvient pas à être condamné. Si complète que soit la catastrophe, une marge infime subsiste dont on ne sait si elle réserve l'espérance ou au contraire si elle l'écarte pour toujours. Il ne suffit pas que Dieu lui-même se soumette à sa propre sentence et succombe avec elle dans l'effondrement le plus sordide, dans un détraquement inouï de ferraille et d'organes, il faut encore attendre sa résurrection et le retour de sa justice incompréhensible qui nous voue à jamais à l'épouvante et à la consolation. Il ne suffit pas que le fils, répondant au verdict injustifiable et irréfutable de son père, se jette dans le fleuve avec une expression de tranquille amour pour lui, il faut que cette mort soit associée à la continuation de l'existence par l'étrange phrase finale : « A ce moment, il y avait sur le pont une circulation littéralement folle », dont Kafka lui-même a affirmé la valeur symbolique, le sens physiologique précis. Et enfin, le plus tragique de tous, le Joseph K. du *Procès*, meurt, après une parodie de justice, dans la banlieue déserte où deux hommes l'exécutent sans un mot, mais ce n'est pas assez qu'il meure « comme un chien », il doit encore avoir sa part de survie, celle de la honte que l'illimité d'une faute qu'il n'a pas commise lui réserve, en le condamnant à vivre aussi bien qu'à mourir.

« La mort est devant nous à peu près comme le tableau de la *Bataille d'Alexandre* au mur d'une salle de classe. Il s'agit pour nous, dès cette vie, d'obscurcir ou même d'effacer le tableau par nos actes. » L'œuvre de Kafka, c'est ce tableau qui est la mort, et c'est aussi l'acte de le rendre obscur et de l'effacer. Mais, comme la mort, elle n'a pu s'obscurcir, et au contraire elle brille admirablement de ce vain effort qu'elle a fait pour s'éteindre. C'est pourquoi, nous ne la comprenons qu'en la trahissant, et notre lecture tourne anxieusement autour d'un malentendu.

Kurt Wolff.
Le principal éditeur de Kafka.
Archives Klaus Wagenbach, Berlin.

BIBLIOGRAPHIE

I. CHRONOLOGIE ET RÉFÉRENCES DES PREMIÈRES PUBLICATIONS DE KAFKA

La mention « M. » ou « A.F. » signale leur reprise dans le premier ou le second volume de la collection Folio, Textes parus du vivant de Kafka, I ou II, respectivement *La Métamorphose et autres récits* (n° 2017) et *Un artiste de la faim et autres récits* (n° 2191).

Mars 1908.

Huit courtes pièces paraissent sous le titre « Regard » (« Betrachtung ») dans le premier numéro d'une luxueuse revue mensuelle de Franz Blei et Carl Sternheim, publiée à Munich, *Hyperion*, sans titres (mais numérotées de 1 à 8). Trois pages et demie (pp. 91-94). Tirage 950 exemplaires.

Dans le même numéro, textes entre autres de Rainer Maria Rilke, Hugo von Hofmannsthal, Heinrich Mann, Goethe, Franz Blei, Carl Sternheim, Émile Verhaeren (édition bilingue du poème « Le Départ », juste avant Kafka), etc.

A la fin, reproductions d'aquarelles, dessins, gravures et peintures d'artistes divers (de Goya à Pascin).

A noter, dans le sommaire, une erreur : les textes de Kafka y sont annoncés « Betrachtungen » (« Regards », au pluriel) au lieu du singulier. La même erreur se reproduira dans *Bohemia* en 1910.

Ordre dans lequel les textes sont donnés (désignés ici par le titre qui leur sera donné en 1912, quand ils seront repris dans le recueil *Regard* — cf. M., pp. 45 et suivantes) :

1. « Le Commerçant » (le plus long des 8 textes).
2. « Regards distraits à la fenêtre ».
3. « En rentrant chez soi ».
4. « La Poursuite ».

5. « Robes ».
6. « Le Passager du tramway ».
7. « L'Amoureux éconduit ».
8. « Les Arbres » (le plus court, 3 lignes seulement).

6 février 1909.

Publication dans la revue de théâtre *Der neue Weg*, sous le titre « Un bréviaire pour les dames », d'un bref article sur un livre de Franz Blei intitulé *La Houpette à poudre* (non repris dans M. ni dans A.F., cité dans O.C. IV, pp. 1131-1132).

Mai 1909.

Publication dans la revue *Hyperion* devenue bimestrielle, n° 8, daté mars-avril, de deux longs textes intitulés « Conversation avec l'homme en prière » et « Conversation avec l'homme ivre », huit grandes pages (pp. 126 à 133). Dans M., pp. 21-24. Tirage 1050 exemplaires.

19 septembre 1909.

Publication dans *Bohemia*, un important quotidien pragois (82e année), d'un article sur un meeting d'aviation auquel Kafka a assisté en compagnie de Max Brod, intitulé « Les Aéroplanes à Brescia » (A.F., pp. 29-43).

16 janvier 1910.

Publication dans *Bohemia* encore d'un articule intitulé « Un roman de jeunesse », à propos d'un roman de Felix Sternheim, *Histoire du jeune Oswald* (non retenu dans M. ni dans A.F., cité dans O.C. IV, pp. 1134-1136).

27 mars 1910.

Publication dans *Bohemia* sous le titre « Regards » (au pluriel, « Betrachtungen », même erreur que dans le sommaire d'*Hyperion* en 1908), de cinq pièces courtes. Quatre avaient déjà été données par *Hyperion* justement, sans titre.

Elles s'intitulent maintenant :

« A la fenêtre » (titre définitif, en 1912, « Regards distraits à la fenêtre »),

« Dans la nuit » (« La Poursuite »),

« Robes », et

« Le Passager du tramway ».

« Proposé à la réflexion des gentlemen riders », le cinquième texte, était seul inédit.

19 mars 1911.

Publication dans *Bohemia* sous le titre « Une revue défunte » d'un article sur la revue *Hyperion* (non retenu dans M. ni dans A.F., cité dans O.C. IV, pp. 1137-1139).

Juin 1912.

Publication dans la revue de Prague *Herder Blätter* (n° 3 daté de mai) d'une sorte de reportage intitulé « Le premier grand voyage en chemin de fer (Prague-Zurich) », annoncé comme le premier chapitre d'un roman, *Richard et Samuel* (écrit en collaboration avec Max Brod), dont le projet a été ensuite abandonné (A.F., pp. 45-63).

Le texte est précédé d'une note — elle pourrait bien être du seul Kafka —, qui présente les deux personnages, résume le livre à paraître et en définit l'esprit (citée dans O.C. II, p. 862-863).

Octobre 1912.

Publication dans *Herder Blätter* encore (n° 4 daté du 5 octobre) de « Vacarme » (M., pp. 61-62). A la différence de la plupart des autres textes littéraires, « Vacarme » n'a pas été repris dans le recueil *Regard*.

10 décembre 1912.

Sortie du premier livre (daté 1913), *Betrachtung (Regard)*, à Leipzig,

99 pages, chez Ernst Rowohlt (M., pp. 35-60), 800 exemplaires numérotés. Dédié « à M.B. » (Max Brod).

15 décembre 1912.

Dans le supplément de Noël de *Bohemia*, reproduction de « Enfants sur la grand-route ».

31 mars 1913.

Dans le *Deutsche Montagzeitung*, un hebdomadaire de Berlin, n° 13, reproduction de « La Poursuite », de « Proposé à la réflexion des gentlemen riders » et de « Le Malheur du célibataire ».

Printemps 1913.

Publication de *Le Verdict* chez Kurt Wolff, dans le premier numéro de la revue annuelle *Arkadia* (conçue par Max Brod). Dédicace : « Pour Mademoiselle Felice B. ». Tirage 1 000 exemplaires.

Mai 1913.

Publication de *Le Soutier, un fragment* chez Kurt Wolff à Leipzig (3e livraison de la collection littéraire que vient de lancer l'éditeur, *Der Jüngste Tag*).

Octobre 1913.

Reproduction de « Proposé à la réflexion des gentlemen riders » dans l'almanach *Das Bunte Buch* (daté 1914), 15 000 exemplaires en deux tirages.

7 septembre 1915.

Publication, après plus de deux ans de silence, de « Devant la loi » dans *Selbstwehr* n° 34, une revue juive de Prague (A.F., pp. 124-127).

Octobre puis fin novembre 1915.

Publication de *La Métamorphose*, d'abord dans la revue *Die Weissen*

Blätter de René Schickele, puis en volume chez Kurt Wolff, dans sa collection *Der Jüngste Tag* (numéro double, 22-23).

Kafka avait donné son accord en octobre 1915 pour une réédition de son premier recueil, *Regard*, par Kurt Wolff. *Le Soutier* sera réédité au début de 1916, puis en 1917-1918, *La Métamorphose* en 1918, et *Le Verdict* en octobre 1916 et en 1920-1922.

Parallèlement à ces rééditions, Kafka publiera de nouveaux textes dans différentes revues, ainsi que trois livres encore :
A la Colonie pénitentiaire (1919).
Un médecin de campagne (1919) et
Un artiste de la faim (1924).

II. TEXTES CRITIQUES

Le volume *La Métamorphose et autres récits* comporte une bibliographie « délibérément sommaire » encore que déjà bien longue (pp. 194-196).

Les ouvrages et articles consacrés à Kafka sont innombrables. On l'a dit :

« Ces textes reflètent le malaise d'une lecture qui cherche à conserver l'énigme et la solution, le malentendu et l'expression de ce malentendu, la possibilité de lire dans l'impossibilité d'interpréter cette lecture » (Maurice Blanchot, « La lecture de Kafka », 1943, voir Dossier, p. 242-245).

On n'aggravera donc pas le « désespoir du commentateur » (« The Commentator's Dispair » est le titre d'une bibliographie kafkaïenne) par la mention d'ouvrages critiques supplémentaires.

Tout au plus peut-on signaler l'intérêt des numéros spéciaux et dossiers consacrés à Kafka par les revues littéraires, en raison de la pluralité des opinions qui s'y expriment, avec une mention spéciale pour le *Kafka* de la revue *Obliques* (1973), de par sa mise en page qui initie une découverte parallèle des textes et de l'iconographie.

Il existe depuis peu, pour les lecteurs francophones, une somme absolument irremplaçable, à savoir l'ensemble des quatre volumes des *Œuvres complètes* de Kafka dans la collection de la Pléiade, présentés et annotés par Claude David qui signale, pour chaque texte, les principales analyses qui en ont été faites :

Pour *Le Soutier* (texte dans O.C. I, pp. 3-32, traduction d'Alexandre Vialatte, volume paru en 1974), voir les notes et variantes aux pages 835-848, et la notice sur *L'Oublié* (et donc sur *Le Soutier*), pages 811-834.

Les autres textes qui composent M. se trouvent dans le volume II (1980), lequel regroupe tous les récits composés par Kafka, qu'il les ait publiés ou non, classés par ordre chronologique de composition. Un index des titres permet de retrouver aisément les récits reproduits dans M. et les notes qui s'y rapportent. A remarquer que le récit « Un jour que j'étais malheureux » (M., pp. 55-60) y est intitulé « Détresse » (O.C. II, pp. 530-531).

Les volumes III et IV (parus en 1984 et 1989) comportent le *Journal* (volume III) et les lettres de Kafka (à Max Brod, aux amis et relations, dans le volume III ; à Felice Bauer, Greta Bloch et Milena Jesenská dans le volume IV, ainsi que la « Lettre à son père »), mais aussi les articles critiques, allocutions, textes professionnels, etc.

Il existe, en allemand, une compilation pratique de tous les textes où Kafka évoque ses diverses œuvres — et réfléchit sur l'acte d'écrire et la littérature en général — sous le titre *Franz Kafka. Über das Schreiben*, conçu par Erich Heller et Joachim Berg, Fischer Taschenbuch Verlag (1961).

TABLE

ESSAI

DOSSIER

DU MÊME AUTEUR

Aux Éditions Gallimard

LE PROCÈS.

LE CHÂTEAU.

L'AMÉRIQUE.

LA COLONIE PÉNITENTIAIRE ET AUTRES RÉCITS.

LA MURAILLE DE CHINE ET AUTRES RÉCITS.

LETTRES À MILENA.

PRÉPARATIFS DE NOCE À LA CAMPAGNE.

CORRESPONDANCE 1902-1924.

LETTRES À FELICE I et II.

LETTRES À OTTLA ET À LA FAMILLE.

Bibliothèque de la Pléiade :

ŒUVRES COMPLÈTES

I. L'Amérique (L'Oublié) — Le Procès — Le Château.

II. Récits et Fragments narratifs.

III. Journaux — Lettres à sa famille et à ses amis.

IV. Lettres à Felice — Lettre à son père — Lettres à Milena — Articles et Allocutions — Textes professionnels.

Enfantimages :

LE PONT *Illustrations de Henri Galeron.*

Aux Éditions Grasset

TENTATION AU VILLAGE.

JOURNAL.

DANS LA MÊME COLLECTION

Michel Bigot, Marie-France Savéan *La cantatrice chauve et La leçon d'Eugène Ionesco*
Arlette Bouloumié *Vendredi ou les limbes du Pacifique de Michel Tournier*
Pierre Chartier *Les faux-monnayeurs d'André Gide*
Henri Godard *Voyage au bout de la nuit de Louis-Ferdinand Céline*
Geneviève Hily-Mane *Le vieil homme et la mer d'Ernest Hemingway*
Thierry Laget *Un amour de Swann de Marcel Proust*
Jacqueline Lévi-Valensi *La peste d'Albert Camus*
Jean-Yves Pouilloux *Les Fleurs bleues de Raymond Queneau*
Claude Thiébaut *La métamorphose de Franz Kafka*

À PARAÎTRE

Patrick Berthier *Colomba de Prosper Mérimée*
Marc Buffat *Les mains sales de Jean-Paul Sartre*
Marc Dambre *La symphonie pastorale et La porte étroite d'André Gide*
Michel Décaudin *Alcools de Guillaume Apollinaire*
Marie-Christine Lemardeley-Cunci *Des souris et des hommes de John Steinbeck*
Henriette Levillain *Les Mémoires d'Hadrien de Marguerite Yourcenar*
Claude Leroy *L'or de Blaise Cendrars*
Marie-Thérèse Ligot *Un barrage contre le Pacifique de Marguerite Duras*
Alain Meyer *La condition humaine d'André Malraux*
Jean-Yves Pouilloux *Fictions de Jorge Luis Borges*

Composé par Traitext et achevé d'imprimer par l'imprimerie Maury à Malesherbes, le 3 avril 1991.
Dépôt légal : avril 1991.
Numéro d'imprimeur : A90/29154B.

ISBN 2-07-038354-7. / Imprimé en France.

52441